Das RESTAURANT

von Igor Albanese

Fotografien: © Mike Henning, mike.henning@gmx.net
(Seiten 100, 103, 104, 106, 107, 115, 116, 118, 123:
Privatarchiv Igor Albanese)

Schrift: Bembo und Modular
Papier: Tauro

CTP: Merlin Computergrafik GmbH, Essen
Druck: Pomp Druckerei & Verlag, Bottrop

1. Auflage 2004 – ISBN 3-9809976-0-x – € 29,80

Das RESTAURANT

Inhalt

Tischgespräch

An einem der ruhigeren Abende sitzen der Immobiliensammler Jochen Hoffmeister und Dirk Dröge, seines Zeichens Papst der Haarkosmetik, im Leonardo und stecken über den Korrekturabzügen dieses Buches die Köpfe zusammen, vor ihnen eine Flasche Gavi, neben und unter dem Haufen fliegender Blätter ihre Teller mit Resten von Seezunge, Scampi und Steinbutt. Sie haben versprochen, dem Wirt das Vorwort für sein Buch zu liefern.

Jochen: Okay, ich fang mal an... Zurück zu den Ursprüngen: Wann haben wir ihn kennen gelernt?

Dirk: Skiurlaub in Saalbach, vor 18 Jahren. Igor stand als Gitarrist auf der Bühne der „Arena" und tingelte „Life ist Life", „Money for Nothing" oder so. Am nächsten Tag waren wir zusammen Ski laufen.

Jochen: Er fuhr wie eine bleierne Ente.

Dirk: Kein eleganter Typ, aber ein lustiger Kerl mit viel Unsinn im Sinn. Hätte nie gedacht, dass er es bis hierhin schafft. Damals konnte er kaum ein Wort Deutsch, und sein kulinarisches Nonplusultra war die Pizza Quattro stagioni.

Jochen: Verliebt war er auch und hielt jedem das Bild seiner schönen Lehrerin Barbara aus Bottrop un-

ter die Nase!

Dirk: Dabei konnte er Bottrop nicht einmal auf der Landkarte finden.

Jochen: Es ist ja auch schwer...

Dirk: Na ja, von Pula nach Bottrop... die Liebe macht's.

Jochen: Dann fing er an, Deutsch zu lernen und Italienern und Jugoslawen Versicherungen anzudrehen.

War wohl nicht so sein Ding.

DIRK: Jugoslawen, ja tatsächlich, die gab's seinerzeit noch... Zu seinem Glück hatte ich damals dieses Ladenlokal zu vermieten. Es hat sich seither gut herausgemacht, nicht? [schaut sich um] Prost!

JOCHEN: Prost! Ja, das war mal eine Änderungs-

schneiderei. Der Umbau hat eigentlich viel zu viel Geld gekostet, aber er und Barbara waren von der Lage des Lokals begeistert. Du hattest eine gepfefferte Miete verlangt und sie haben's akzeptiert. Von dem Gewinn kannst du heute einen Mittelklasse-Neuwagen kaufen, du Schlitzohr.

DIRK: Bei Dröge mieten ist immer noch besser als bei Hoffmeister, frage Igor!

JOCHEN: Meine Mieter sind zufriedene Mieter, aber davon abgesehen, es hat sich für die beiden doch gelohnt, denn sie haben einen sechzehnjährigen, wohlgeratenen „Leonardo"...

DIRK: ...und eine vierzehnjährige, wohlgeratene Anna.

JOCHEN: Na dann, zum Wohl!

Die Kellnerin öffnet eine neue Flasche, und Jochen kramt in alten Fotos.

JOCHEN: Ob er die Bühne und das Rampenlicht mit dem ganzen Drum und Dran wohl vermisst?

DIRK: Glaub ich nicht. Das Musikerleben war ja auch nicht nur Zuckerschlecken. Wahrscheinlich ist er froh darüber, dass er da die Kurve gekriegt hat.

JOCHEN: Und schließlich ist so ein Restaurant auch eine Art Bühne...

DIRK: Weißt du noch? Das Leonardo war am Anfang nur ein vier Meter breiter Schlauch, eng und voll, in dem sich die Leute an Stehtischen knubbelten. Es gab nichts anderes als Baguettes, Salate, eine Tagessuppe und den Kuchen, den seine Frau selbst gebacken hat. Der Laden brummte von Anfang an.

JOCHEN: Warum hatte er sich dann nur den Floh

mit dem Fresstempel nebenan ins Ohr gesetzt?

DIRK: Tja, wenn dem Esel zu wohl ist, dann geht er auf's Eis. Haben wir ihn nicht alle gewarnt? Wir haben uns den Mund fusselig geredet, aber er war nicht zu bremsen.

JOCHEN: Ach, und dann dieser Koch, diese Zwei-Sterne-Koryphäe...! Kochen konnte er ja, keine Frage, aber rechnen und organisieren war Fehlanzeige.

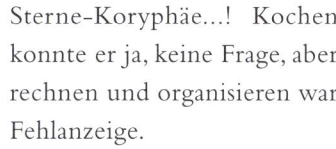

DIRK: Im Rechnen waren beide die Nieten.

JOCHEN: Eine verhängnisvolle Affäre.

DIRK: Und ein unvergessliches Restaurant-Eröffnungs-Drama. An dem Abend haben sich alle köstlich amüsiert, außer ihm selbst. Es dauerte ein ganzes Jahr, dann war der Spuk wieder vorbei – mit dicken roten Zahlen und einem dicken blauen Auge.

JOCHEN: Konnten ihm die Banken nicht unter die Arme greifen?

Die beiden Sparkassenfreunde heben ihre Gläser auf die Banken.

DIRK: Der war ja seinerzeit ein ahnungsloser Anfänger im Restaurantgeschäft, dem konnte gar keiner helfen, nicht mal die Sparkasse. Prost!

JOCHEN: Prost! Und? Hat er dazugelernt?

DIRK: Sieht so aus. Zum Beispiel: Ich suche vergeblich nach „Suppenfix" oder einem anderen Zauberpulver in seinen Rezepten. Die Saucen köcheln wie bei Muttern auf dem Herd vor sich hin, bis sie dick sind, so steht's geschrieben. Sieht ganz so aus, als ob er zumindest seinen kulinarischen Horizont erweitert hat.

JOCHEN: Ach, der Junge ist okay, und gemütlich ist es hier auch geworden. Für mich ist das Leonardo wie ein zweites Wohnzimmer. Jede Menge Stammgäste, man kennt sich und trifft nette Leute. Wenigstens einmal im Monat geht die Musik live ab, und es wird gefeiert bis der Arzt kommt.

DIRK: Es ist ziemlich oft ziemlich voll und ziemlich laut hier, wie auf einem Markt in Süditalien.

JOCHEN: Da gebe ich dir Recht. Manchmal genieße ich Abende wie heute, ruhige Musik, viele Kerzen, keine Hektik.

Die Kellnerin bringt eine Käseplatte und öffnet eine weitere Flasche Gavi.

JOCHEN: Weißt du noch, wie er auf die Idee mit

den Restaurant-Anekdoten gekommen ist?

DIRK: Aber sicher, es war auf der Reise nach Pula vor zwei Jahren, als wir zusammen auf Brioni waren.

JOCHEN: Brioni, das sind die Anzüge, die der Kanzler trägt?

DIRK: Ja genau, und die Inseln in Istrien. Der Name kommt daher.

JOCHEN: Auf dem Rückweg fuhren wir mit der

Fähre von Pula nach Venedig. Am Abend waren wir in Harrys Bar, haben stundenlang über Restaurant-Skandälchen geredet und ihn schließlich dazu überredet, das Ganze einfach mal aufzuschreiben.

DIRK: Nicht, dass er demnächst nur noch schreibt und wir den Laden für ihn schmeißen sollen!

JOCHEN: Keine Bange, erst mal brauchen die Banken ihr Geld, und das kann noch etwas dauern.

DIRK: Was schätzt du, wann hat er seine Schulden abgestottert?

JOCHEN: Na ja, so zirca im Jahr 2025, schätze ich mal.

DIRK: Armer Junge. Vielleicht sollte ich ihm einen Nebenjob als Vertreter bei „Sexy Hair" anbieten, um ihm unter die Arme zu greifen?

JOCHEN: Mich kannst du auch nehmen... als Model für dein „Sexy Hair". *[streichelt seine Glatze]*

DIRK: Spaß beiseite, er hat uns einen Skiurlaub versprochen, wenn er von den Schulden herunter ist.

JOCHEN: Gott, oh Gott, 2025 ist nichts mehr mit Ski laufen. Da geht mit uns keiner mehr mit.

DIRK: *[wehmütig]* In zwanzig Jahren ist für uns Sense; kein Slalom, kein Après-Ski, keine Schneehäschen... nur noch Langlauf, oder noch besser, im Pferdeschlitten spazieren fahren, mit der Wolldecke über den Knien und der Wärmflasche unter dem Hintern.

JOCHEN: Nur nicht gleich elegisch werden, wir sind noch lange kein altes Eisen!

DIRK: Na dann, Prost auf das Jahr 1986 und auf Saalbach, wo alles angefangen hat!

JOCHEN: Und auf das Buch, auf dass es dem einen oder anderen ein wenig Freude macht!

Sylter Eier

FÜNF RESTLOS ÜBERFÜLLTE GRAUE MÜLL-
TONNEN VERSPERREN WIE JEDEN FREITAG-
VORMITTAG DIE STRASSE AM HAUMANN-
PLATZ UND VERURSACHEN EINEN KLEINEN STAU
VOR DEM RESTAURANT. DIE GESTRESSTEN GE-
SICHTER DER PARKPLATZSUCHENDEN, DIE POLI-
TESSEN AUS DEM HINTERHALT, ANWÄLTE, DIE MIT
SCHWARZEN ROBEN UND AKTEN UNTER DEM ARM
IHREN TERMIN IM LANDGERICHT ESSEN BEREITS
VERPASST HABEN, DAS ALLES IST AUS DEM TAGES-
GESCHEHEN NICHT WEGZUDENKEN.

In den Fenstern der Telefonzelle gegenüber dem
Restaurant spiegelt sich die Sonne. Ein greller Strahl at-
tackiert den Patrone, der gerade an einem der Tische am
Fenster die Bestellung aufnimmt. Zwei ältere Damen,
um die er sich hingebungsvoll kümmert, nehmen seine
Aufmerksamkeit voll in Anspruch und lassen sich viel
Zeit. Während eine der Damen flüchtig die Speisekarte studiert, widmet sich die andere einem Prospekt der
van Gogh-Ausstellung, die zur Zeit im Folkwang Mu-
seum zu sehen ist. Just in dem Augenblick, als die Erste
mit einer Frage über die Zusammenstellung des fran-
zösischen Frühstücks ansetzt, springt die andere, begeistert über eine Illustration im Buch, von ihrem Stuhl auf.

"Schau dir das an, wie wundervoll!"

Die Konzentration der anderen Dame lässt plötzlich
nach und im nächsten Augenblick blättern beide fasziniert im van Gogh-Prospekt weiter. Der Wirt ist dabei,
sich diskret zurückzuziehen... vergeblich.

"Bleiben Sie hier, Herr Ober. Wir möchten jetzt,
wenn möglich, bestellen."

Der frisch gebackene Gastronom, noch unerfahren
und guten Mutes, kehrt zurück zum Tisch. Dabei mei-
det er den Blickkontakt mit den anderen Gästen, die
vergeblich auf ihre Getränke warten.

"Kommen Sie bitte auf den Punkt, Herr Ober!",
sagt die kleinere Dame forsch.

Ihr Ton und ihre Art verraten einen Menschen, der
es gewohnt ist, mit übertriebenem Respekt bedient zu
werden. Der erhobene Zeigefinger soll dem Satz Nachdruck verleihen, doch das Gewicht des Goldes an ihren
Händen hindert sie, den Finger in die respektable Höhe
zu heben. In den Augen des Wirtes ist sie einfach eine
zickige alte Frau, die ihn an seine Oma erinnert. Na ja,
der Berliner Dialekt und die hochnäsige Art haben mit
seiner Oma wenig gemeinsam, aber die Gesichtszüge
und das Alter der Dame erwecken in ihm eine gewisse
Sympathie.

"Meine Damen, das Frühstück beinhaltet Milchkaffee, Croissants, Briekäse, frisch gepressten Orangen-

saft..." Während der Litanei versucht er, die mittlerweile laut ausgesprochene Ungeduld eines Pärchen am Nebentisch mit freundlichem Kopfnicken zu dämmen.

Die Damen entscheiden sich soeben für ein kombiniertes Weltfrühstück, als der gelbe Paketwagen der Bundespost, der vor dem Restaurant geparkt hat, wieder für Ablenkung sorgt.

Der uniformierte Postbeamte verlässt den Wagen, bepackt mit zehn Paletten Eiern. Ein gewohntes Bild für den Wirt, denn sein Eierlieferant ist der Schwager des Postboten. Der Postbote liefert nebenberuflich die Eier für den Schwager aus, meistens am Nachmittag mit dem Firmenwagen der Eierfarm, doch wenn es nicht anders geht auch mit dem Postwagen.

Die kleinere Dame verfolgt das Geschehen mit offenem Mund; der Speichel ist dabei, die Schminke an ihrem Mundwinkel zu verwischen, der Wirt kann die goldenen Zahnbrücken und Amalgam-Plomben in ihrem Mund zählen. Die andere folgt ihrem Blick. Die Frage steht den Damen auf den Mund geschrieben und er hat die Antwort auf Anhieb parat.

„Sagen Sie mal, bekommen Sie die Eier per Post geliefert?" Die beiden schauen hinter dem mit Eiern beladenen Postboten her, die Hälse lang gestreckt wie zwei Gänse.

„Selbstverständlich", sagt der Wirt „wissen Sie es noch nicht?"

„Was denn?"

„Also, vor einigen Monaten hat meine Frau in der ‚Brigitte' oder in der ‚Freundin', ich weiß es nicht mehr so genau, gelesen, dass die Eier auf Sylt durch den Jodinhalt der Luft besonders gesund sind. Wir haben uns eine Probe schicken lassen, und von dem Tag an kommt für uns nichts anderes mehr in Frage. Die Gäste sind begeistert."

„Das ist sicherlich sehr teuer", rutscht es den beiden Damen unisono heraus.

„Ach, wissen Sie, für meine Gäste ist mir nichts zu teuer."

Der Spruch ist so dick aufgetragen, dass die beiden es wohl als Spaß verstehen werden, denkt der Wirt, doch stattdessen kommt eine Umbestellung.

„Och, wäre es möglich, statt des bestellten Frühstücks Sylter Rühreier mit Shrimps zu bekommen?"

„Selbstverständlich, meine Damen." Es ist bereits zu spät, um mit der Wahrheit herauszurücken.

Die Damen haben ihre Teller mit den Eiern aus Dorsten und Shrimps aus der Metro bis auf den letzten Krümel aufgegessen, der Wirt und sein Restaurant sind auf der Akzeptanzskala um einige Stufen gestiegen, die Rechnung ist mit königlichem Trinkgeld beglichen.

„Wir werden Sie weiterempfehlen, so feine Rühreier bekommt man nicht mal in Monaco."

Der Patrone beobachtet die beiden Damen wie sie wackeligen Schrittes zum Taxi gehen. Ein Hauch von schlechtem Gewissen gleitet ihm über dem Rücken. „Na ja, was soll's?"

Die Sonne scheint fröhlich weiter, die Mülltonnen sind weggeräumt, die Politessen zählen ihre Strafmandate, und er ist sich sicher, dass sie am Umsatz beteiligt sind.

Lächelnd widmet er sich dem Pärchen am Nebentisch.

Zuppa di pomodoro

DER VORWEIHNACHTSRAUSCH IST IN JE-
DEM LUFTATOM ZU SPÜREN. DIE GÄSTE
SIND IN LAUTER UND AUSGELASSENER
STIMMUNG, DIE LUFT PRICKELT VON CHAMPAG-
NER UND GUTER LAUNE.

An der langen Tafel am Fenster sitzt eine Gruppe
sehr elegant gekleideter Gäste, in ihrer Mitte ein be-
kannter Schauspieler mit breitem Reklame-Lächeln.
Seine demonstrative Exzentrizität wird von der Tisch-
runde als Bestandteil seines Künstlertums gewürdigt, die
Damen sind stolz, sich in seinem Glanz zu sonnen. Der
Nebentisch dagegen, von drei Paaren besetzt, trieft vor
übler Laune. Einem der Herren gelingt es mit seiner
Grimmigkeit, den anderen alle Freude an dem Abend zu
verderben. Der Tisch ist eine gefrorene Oase in allgemeinem Stimmengewirr und Geschirrgeklapper. Von
den fünf völlig Eingeschüchterten redet keiner ohne
triftigen Grund. Keiner bewegt sich mehr als nötig, die
Gläser und der Brotkorb werden vorsichtig angefasst
und sofort wieder zurückgelegt. Die Kellner bedienen
diesen Tisch nur sehr ungern. Sie eilen daran vorbei und
überlassen ihn lieber dem Chef. Da die Speisekarte immer noch eingehend studiert wird, widmet sich der Patrone anderen Gästen.

„Haben wir Hummer?", fragt ihn die Kellnerin.

„Nein, wieso?"

„Der Schauspieler vom Tisch am Fenster hat nach
einem Hummer gefragt."

„Einen kurzen Moment, das haben wir gleich",
meint der Wirt und eilt zum Telefon. Nach zwei vergeblichen Versuchen findet er einen Kollegen, der ihm mit
drei Hummern aushelfen kann. Im Nu ist ein Küchenhilfe mit dem Lieferwagen auf dem Weg in die Innenstadt.

„Sagen Sie dem Gast, dass wir den Hummer besor-
gen können, es dauert nicht lange." Er denkt nach, wie
die Köche den Hummer zubereiten sollen, als er von der
Seite am Ärmel gezogen wird.

„Ich will jetzt bestellen!", zischt der übellaunige
Gast ungeduldig und beginnt sogleich die Speiseauswahl
aufzuzählen. „Und merken Sie sich, die Tomatensuppe
soll richtig heiß sein." knurrt er zuletzt. „Ja, ja, heiß soll
sie sein!", wiederholt seine Frau mit Nachdruck.

„Selbstverständlich." Der Wirt verschwindet mit
der Bestellung in die Küche.

Die Zeit vergeht schnell. Eine Viertelstunde ist vorbei, der Hummer kommt nicht.

„Wo bleibt meine Tomatensuppe?", drängelt der
Griesgram. Während der Wirt zu erklären versucht, dass
bei der Fülle im Restaurant mit ein wenig Wartezeit zu
rechnen ist, klingelt das Telefon. Der verzweifelte Kü-

chengehilfe meldet sich von seiner Hummerodyssee aus einer Telefonzelle in Borbeck-Mitte. Hastig versucht der Patrone, ihm den Weg in die Innenstadt zu erklären, während die Zeit davon rennt und sein Puls sich beschleunigt.

„Die Vorspeise für den Sechsertisch muss raus!", ruft der Koch an der Ausgabe. „Und passen Sie auf, der Teller mit der Tomatensuppe ist glühend heiß."

„Ich komme!", ruft der Wirt in die Küche zurück, dann fleht er noch einmal den Mitarbeiter am Telefon an, sich mit dem Hummer zu beeilen.

Antipasto misto in der rechten Hand, den

heißen Suppenteller auf einem Unterteller in der linken, läuft er in Richtung Übellaune-Tisch. Gerade im Augenblick als er die Suppe servieren will, öffnet sich die Restauranttür. Ein Pärchen bleibt, nach einem freien Platz spähend, mitten in der Tür stehen. Beißend kalte Luft strömt hinein, doch die Neuankömmlinge machen keine Anstalten, die Tür zu schließen. Der Patrone versucht, sie auf sich aufmerksam zu machen, um ihnen einen Platz an der Theke anzubieten, hebt dabei die Hand in einem verheerenden Winkel, der Suppenteller ver-

rutscht, er schaut hin, versucht vergeblich zu balancieren, aber es ist schon zu spät…

Das Gespräch im Raum erstirbt. Heiße Suppe ergießt sich in den Schoß des grimmigen Gastes, klirrende Porzellanstücke verteilen sich auf dem Parkett. Die nasse Hose dampft und klebt auf seiner Haut, das verzerrte Gesicht ist eine Tragödie, ein feuchter Blick richtet sich anklagend auf den Wirt. Während die restlichen Gäste wie Wachsfiguren erstarren, kommt Siva, der Barkeeper mit einem feuchten Lappen und einer frischen Stoffserviette in der Hand zur notfallmäßigen Behandlung herbeigeeilt. Der

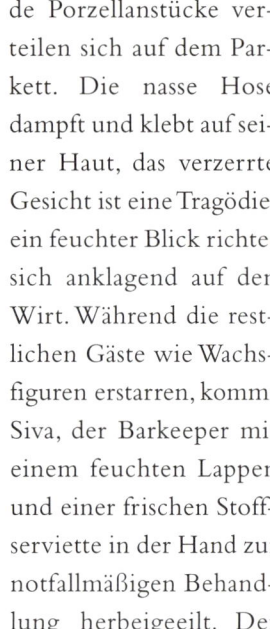

Patrone, selbst erschrocken, nimmt den Gast an die Hand und hilft ihm aufzustehen. Der Unglückliche ist wie betäubt, lässt alles mit sich geschehen, folgt dem Wirt langsam und breitbeinig zur Toilette, als könnte er bei jedem Schritt im Morast versinken.

Dort bleibt er wie angewurzelt stehen. Der Wirt kniet vor ihm nieder und fängt an, mit dem Lappen an seinem Hosenschlitz zu reiben. Die Tomatensuppe tropft auf den Boden und auf die Schuhe, die Farbe der Hose ist nicht mehr zu definieren. Vom hingebungsvollen

Reiben aus der Hypnose erwacht, beginnt der Gast, sich in Richtung Tür zu bewegen, der Wirt reibend hinterher. Mit dem Rücken zur Wand schaut er auf den Wirt herab, der Wirt blickt vom Boden zu ihm auf und reibt. Für einen kurzen Augenblick wanken die Gefühle. Die Situation gerät auf Messers Schneide, doch plötzlich, als wäre der Bann gebrochen, kippt sie um und löst sich in befreiendes Lachen beider Beteiligten auf. Erschöpft klopfen sie sich gegenseitig auf die Schultern. Als ob das Reiben die bösen Geister vertrieben hätte, umarmt der Gast den Wirt: „Ich glaube, ich habe es verdient." Der Wirt, um einen Kopf kleiner, seufzt: „Es tut mir so Leid", und atmet erleichtert auf.

Arm im Arm verlassen sie die Toilette. Draußen erwartet sie Totenstille. Ungewissheit schwebt in der Luft. Die Gäste erwarten einen fürchterlichen Streit, einen cholerischen Wutanfall, doch im nächsten Augenblick lässt die Spannung nach und lustvolles Gelächter erfüllt den Raum. Die Ehefrau ist entzückt, die Mitarbeiter erleichtert, die Gäste vergnügt. Da kommt auch der Küchengehilfe mit drei lebenden Hummern in einem Eimer, sieht sich um und versteht nichts. Der erleichterte Wirt nimmt den Eimer und geht auf den Schauspieler zu.

„Darf ich Ihnen die Hummer präsentieren?"

Der Schauspieler, wieder im Rampenlicht, nickt freundlich und lächelt.

„Wie hätten Sie ihn gern?", fragt der Patrone und nimmt einen strampelnden Hummer aus dem Eimer.

„Hummer? Das muss ein Missverständnis sein. Ich mag gar keinen Hummer", wundert sich der Schauspieler.

„Aber Sie haben doch nach Hummer gefragt."

„Nie und nimmer. Nach einem kleinen Hammer habe ich gefragt, um das Armband meiner Uhr zu reparieren, doch das hat sich schon erledigt." Dabei zeigt er auf den Kerzenständer, den er wohl als Hammer benutzt hat.

Der Patrone schaut sich um, die Kellnerin mit dem Hörfehler taucht hinter der Theke ab. Na ja, was soll's.

Der Griesgram dagegen ist jetzt bester Laune: „Herr Wirt, wir nehmen die Hummer und dazu noch eine Flasche Champagner, doch bringen Sie für sich selbst auch ein Glas mit!"

WEINEMPFEHLUNG:
Chardonnay Langhe D.O.C. / Batasiolo / Piemont (ca. 5,50 Euro)
oder
La Fuga Chardonnay C.E. D.O.C. (Barrique) / Tenuta di Donna Fugata / Sizilien (ca. 11,50 Euro)

Tomatensauce/-suppe

❦

ZUTATEN:

500 G GESCHÄLTE TOMATEN (AUS DER DOSE)

80 G ZWIEBELN

1 TEELÖFFEL ZUCKER

2 KNOBLAUCHZEHEN

5 BASILIKUMBLÄTTER

1 LORBEERBLATT

OLIVENÖL

SALZ

PFEFFER

❦

ZUBEREITUNG:

Zwiebeln und Knoblauch klein schneiden, im Topf mit etwas Olivenöl 4 bis 5 Minuten dünsten.

Die Tomaten mit dem Lorbeerblatt dazugeben, mit Salz und Pfeffer abschmecken und auf kleiner

Flamme einkochen lassen. Anschließend das gehackte Basilikum dazugeben und noch etwa

5 Minuten kochen lassen. Wegen der Säure einen TL Zucker dazugeben.

Die Sauce durch ein Sieb passieren.

TOMATENSUPPE:

Die Tomatensauce abschmecken und ein TL Crème fraîche dazugeben.

ANRICHTEN:
*Die Paprikasauce auf den Teller gießen,
die Lasagne darauf platzieren und mit Basilikumblatt garnieren.*

WEINEMPFEHLUNG:
*„Mayro" Montepulciano D.O.C. / Villa Cervia / Abruzzen (ca. 7 Euro)
oder
Ciro rosso Riserva „Duca san Felice" D.O.C. / Librandi / Kalabrien (ca. 9 Euro)*

Auberginenlasagne

❧

Zutaten:

2 grosse Auberginen

4 Tomaten

4 Kugeln Mozzarella

10 Blatt Basilikum

180 g Gouda

250 g Paprika

3 Knoblauchzehen

Olivenöl zum braten

Salz

Pfeffer

❧

Zubereitung:

Die Auberginen der Länge nach in Scheiben schneiden und von beiden Seiten in Olivenöl braun anbraten. Die gebratenen Scheiben auf ein Küchentuch zum Abtropfen legen. Die Tomaten und den Mozzarella in dünne Scheiben schneiden und damit die Auberginenscheiben abwechselnd belegen.

Die Knoblauchzehen mit etwas Olivenöl in den Mixer geben und pürrieren.

Die belegten Auberginenscheiben mit diesem Knoblauchöl, Salz, Pfeffer und Basilikum belegen. Eine neue Lage Auberginenscheiben darauf legen und neu belegen. Anschließend die dritte Lage Auberginenscheiben darauf legen und mit dünn geschnittenem Goudakäse bedecken.

Im vorgeheiztem Ofen bei 180°C acht Minuten garen lassen.

Die Paprika klein schneiden, in der Pfanne mit etwas Olivenöl anschwitzen und mit Tomatensauce (siehe Rezept für die Tomatensuppe) auffüllen.

ANRICHTEN:
Die Suppe in einen Pastateller geben und mit einigen Tropfen Trüffelöl beträufeln.
Den Rand mit geriebenem Parmesan garnieren.

WEINEMPFEHLUNG:
Merlot delle Venezie D.O.C. / Zenato / Venetien (ca. 10 Euro)
oder
Rosso Gravello / Librandi / Kalabrien (ca. 18,50 Euro)

❧

Parmesansuppe mit Trüffelöl

ZUTATEN:

700 ML GEMÜSEBRÜHE

600 ML SAHNE

150 G PARMESAN

80 G RISOTTOREIS (VIALONE ODER CARNAROLI)

30 G BUTTER

20 G SCHALOTTEN

60 ML MARTINI BIANCO

1 KNOBLAUCHZEHE

1 THYMIANZWEIG

TRÜFFELÖL

SALZ, FRISCH GEMAHLENER PFEFFER

ZUBEREITUNG:

Schalotten und Knoblauch in Butter andünsten, Reis dazugeben und glasig dünsten. Mit Martini ablöschen und die Gemüsebrühe dazugeben. Einen Thymianzweig dazugeben, mit Sahne auffüllen und ca. 10 Minuten kochen lassen. Alles durch ein Sieb passieren, geriebenen Parmesan unterziehen, mit Salz und Pfeffer abschmecken und umrühren.

Dandy a.D.

IE LETZTEN SONNENSTRAHLEN SPIEGELN SICH IM JUNGFRÄU-LICHEN SCHNEE WIDER, DER DEN PARKPLATZ VOR DEM RESTAURANT IN EINE TIROLER IDYLLE VERWAN-DELT. IN EINER HALBEN STUNDE WIRD VON DEN ZARTEN SCHNEEFLOCKEN NUR NOCH MATSCH ÜBRIG SEIN, ABER DIE WENIGEN GÄSTE GENIESSEN DEN FLÜCHTIGEN ROMANTISCHEN ANBLICK. ES DUFTET NACH GLÜHWEIN UND FRISCHEN WAF-FELN, NACH KERZENFEUER UND DEM ENDE DES WINTERS.

Am rundem Tisch schweigt sich ein Pärchen an. Er saugt an seiner Zigarette, die er mit nikotingelben Fin-gern zerdrückt. Sie begleitet jeden seiner Lungenzüge mit missbilligender Miene und knirscht dabei mit den künstlichen Zähnen. Die beiden lassen die Blicke durch den Raum schweifen, dankbar für jede noch so kleine Ablenkung, und warten auf das Essen. Der Patrone läuft am Tisch vorbei, lächelt, gießt ein wenig Wasser in die Gläser und eilt dann zum Eingang, um einen neuen Gast zu begrüßen.

Mit dem Neuankömmling fegt der Wind die Schneeflocken in den Raum. Die Gäste schauen auf und sind fasziniert: Ein großer, eleganter Herr um die sieb-

zig tritt auf, dem die Jahre offenbar nur Gutes gewollt haben. Mit nonchalanter, leicht arroganter Geste nimmt er den Hut ab, gibt Stock und Hut dem Wirt und lässt sich mit der Selbstverständlichkeit des Hochadels aus dem Mantel helfen. „Kaschmir, vom Feinsten", denkt der Wirt, der wie ein kleiner Junge neben ihm steht. Dann schaut sich der Herr nach einem ihm genehmen Platz um. Am Fenster sitzt eine Dame, gleichfalls in den Siebzigern. Er verbeugt sich andeutungsweise und nimmt an einem Nachbartisch Platz.

„Martinicocktail und die Speisenkarte, bitte."

Mit betonter Gemächlichkeit holt er die Lesebril-le aus dem Etui und klappt sie auf, um das Angebot auf der Speisenkarte zu studieren. Silbergraues Haar, mar-kante Gesichtszüge, gepflegte Hände, eine gediegene Garderobe – alles stimmt an diesem Mann.

Auch die Dame am Nebentisch ist beeindruckt. Wie beiläufig blickt sie in seine Richtung, zupft sich das Halstuch zurecht und blättert zerstreut in einem Mo-dejournal.

„Herr Ober!", ruft der Herr, „wie bereiten Sie die Aglio e olio zu?" Das Italienische geht ihm flüssig von den Lippen, Französisch offenbar auch. „Tripes à la mode de Caen, Entenbrust mit Cassissauce... Was em-pfehlen Sie dazu?"

„Es ist noch ruhig, ich hole den Koch, wenn er Zeit hat", schlägt der Wirt vor; „Er wird Ihnen alles genaustens erklären." Der Gast ist einverstanden und nimmt den Koch für die nächste Viertelstunde in Beschlag.

„Wenn das kein Gourmet-Tester ist...", raunt der Wirt dem Barkeeper zu und richtet sich den Krawattenknoten. „Wir müssen vorsichtig sein!"

Als der Koch nach seiner Audienz beim Gast am Patrone vorbeigeht, flucht er leise: „Siestu maledio, der Signor braucht Psychiatria, nix Ristorante!", und verschwindet in der Küche, venezianische Verwünschungen murmelnd.

„Herr Ober, bitte bringen Sie der Dame ein Glas Champagner." Der Gourmet-Tester und seine Nachbarin unterhalten sich bereits wie alte Bekannte. Sie lauscht seinen Worten, lacht verlegen, wirft den Kopf in den Nacken und flüstert: „Sind wir nicht ein bisschen zu alt dafür?"

Am runden Tisch zeigt sich unerwartet Bewegung. Die Dame schubst ihren Mann: „Geh endlich, los, sag es dem Ober!" Der Mann steht unsicher auf, fuchtelt mit dem Arm und ruft den Wirt: „Herr Ober, meine Frau hat einen Kürbis Biskuit bestellt, aber bekommen hat sie eine Brühe, die nach Fisch riecht." Der Patrone nimmt ihm beschwichtigend den Arm herunter, aber nun lamentiert die Frau: „Das Essen stinkt nach Fisch! Ich wollte einen Kürbis Biskuit!", wieder schubst sie ihren Mann in den Kampf. Der Patrone ist sprachlos. Was soll er dazu sagen?

Da schaltet sich zum Glück der Gourmet-Tester ein: „Verehrte gnädige Frau, darf ich Sie unterbrechen?"

Sein Ton ist ruhig, aber bestimmt. Die Dame schweigt plötzlich und schaut ihn angepestet an. „Kürbis Bisque ist üblicherweise kein Biskuit sondern eine Fischsuppe. Probieren Sie die Suppe unter diesem Aspekt und Sie werden sehen, dass sie Ihnen schmeckt."

Die ältere Dame, inzwischen zum Tisch des heimlichen Gourmet-Tester umgezogen, ist von so viel überlegener Kennerschaft hingerissen. Mit rosigen Wangen trinkt sie frivol ein zweites Glas Champagner mit ihm, beobachtet wie er seine Seezunge filetiert, wie er den Wein testet, wie er ihr Komplimente macht.

Die Restauranttür geht auf, eine junge Frau kommt zum Tisch: „Oma, es ist schon spät, komm jetzt, ich fahr dich nach Hause."

Sie steht auf: „Ich muss leider gehen. Es war eine wunderschöne Stunde mit Ihnen."

„Erlauben Sie mir, Ihre Rechnung zu übernehmen", sagt er, während er ihr in den Mantel hilft. Sie schenkt ihm noch einen Blick: „Vielen Dank. Bis zum nächsten Mal, vielleicht?"

Wieder allein, bestellt er noch einen Espresso und den besten Grappa des Hauses.

„Herr Ober", ruft er nach einer Weile, „können Sie noch drei Havannas einpacken, ich möchte meinen Geburtstag um Mitternacht mit der Zigarre und zwei Freunden ausklingen lassen."

„Es tut mir leid, aber ich habe nur noch zwei da", entschuldigt sich der Wirt.

„Es ist in Ordnung, die nehme ich, und bringen Sie mir bitte meinen Mantel, ich muss Sie leider verlassen."

Der Patrone bringt die Zigarren und den Mantel:

„Soll ich die Rechnung fertig machen? Oder...?"

Der Gast steht auf, gibt dem Wirt den Mantel, lässt sich helfen, beugt sich ein wenig und fasst ihn an die Schulter: „Es war wunderschön, ich habe die Zeit genossen und ich werde Sie herzlich weiterempfehlen, doch die Rechnung kann ich nicht bezahlen." Sein Blick ist freundlich und entspannt. Der Patrone ist verwirrt und wortlos. Er will etwas sagen, doch der vermeintliche Tester fährt fort: „Wenn Sie die Polizei rufen wollen, können Sie es gerne tun, so spare ich mir den Weg durch den Schnee. Ich wohne nämlich gegenüber... im Gefängnis und heute habe ich Ausgang." Er schaut auf die Uhr: „Genauer gesagt noch eine halbe Stunde."

Eine lange Minute vergeht. Der Patrone, der die Fassung wiedergewonnen hat, zieht sich ein paar Schritte zurück, beobachtet den eleganten Betrüger und quält sich ein Lächeln ab.

„Ach wissen Sie, Sie haben Ihre Rolle so gut gespielt, dass ich Ihnen nicht einmal böse bin. Ich wünsche Ihnen alles Gute zum Geburtstag, doch im nächsten Jahr suchen Sie sich bitte ein anderes Restaurant."

Der Gast ist beeindruckt: „Hier, nehmen Sie eine von den zwei Zigarren", meint er gönnerhaft und holt eine der Havannas aus der Tasche. „Sie sind ein Mensch, mit dem ich gerne teilen will." Dann verschwindet er in die Nacht.

„Siehst du!?", sagt die Frau am runden Tisch und schubst ihren Mann: „Das war ein Betrüger und diese Biskuitsuppe oder wie sie auch heißt ist mit Sicherheit doch keine Fischsuppe gewesen."

Der Patrone überhört das Gerede und verfolgt die Silhouette des alten Dandy, der in die Dunkelheit verschwindet.

Grappa del nonno

ABEN SIE EINEN LEVI?"

„WAS IST EIN LEVI?"

„EIN GRAPPA SELBSTVERSTÄNDLICH...", ANTWORTET DER GAST UNGEDULDIG: „NA GUT, HABEN SIE EINEN NONINO?"

„AUCH EIN GRAPPA, NEHME ICH AN?"

DER GAST NICKT ABSCHÄTZIG; „GUT GERATEN, HERR GASTRONOM."

„Einen Nonino habe ich leider nicht", meint der frisch gebackene Wirt, die Ironie überhörend, „aber einen selbstgebrannten Grappa von meinem Nonno kann ich anbieten."

Der elegante, sonnengebräunte Gast hebt die Au-

genbraue. „Bringen Sie mir irgendeinen Grappa und einen vernünftigen Espresso, ich lass mich überraschen." Den Blick vom Wirt wendend, vertieft er sich in die Frankfurter Allgemeine.

Am Nebentisch teilt sich eine Dame ihr Carpaccio mit dem Pudel, der auf ihrem Schoß sitzt, und mahlt aus der großen Pfeffermühle Unmengen Pfeffer auf das Rindfleisch. Hund und Dame kauen zufrieden und lassen die Blicke durch den Raum schweifen, die Schärfe des Gewürzes genießend.

Das Mittagsgeschäft läuft wie gewöhnlich und flaut gegen 14 Uhr allmählich ab. Dame und Hund teilen sich noch ein Tiramisu, der andere Gast trinkt einen zweiten Grappa. „Das ist ein gutes Tröpfchen, was ist das für eine Traube?"

„Zum größten Teil Malvasia, der Rest Teran", antwortet der Wirt, froh, dass der Gast zufrieden ist. Die Rebsorten kennt er nicht: „Ehrlich gesagt habe ich nicht viel Ahnung vom Grappa, die Namen Levi und Nonino habe ich mal aufgeschnappt, mehr ist da nicht."

„Ich bin mit Grappa aufgewachsen," erwidert der Patrone, „er ist Teil unserer Familiengeschichte."

„Sie machen mich neugierig", lächelt der Gast. „Wissen Sie was? Ich gebe einen aus und Sie erzählen mir mehr davon."

Außer der Dame mit dem Pudel sind nur noch zwei andere Gäste im Restaurant, es wird ein ruhiger Nachmittag. „Warum nicht", der Wirt lächelt zurück und nimmt Platz auf dem angebotenen Stuhl: „Ich erinnere mich gerne an die Zeit zu Hause. Nonno hatte viele Weinberge und ich habe ihn bei den täglichen Spaziergängen durch die Reben oft begleitet. „Ein Weinberg ist wie eine Frau", sagte er, „man muss ihn lieben und pflegen, sonst stirbt er."

„Wie wahr", stimmt der Gast zu und der Patrone fährt fort.

„Am ersten Freitag nach Sankt Martin, benannt nach dem Schutzpatron des Weines, fing Nonno mit dem Brennen in der Cantina an. Der Boden aus gestampfter Erde war vom Wein getränkt. Sechs 1000-Liter-Eichenfässer lagerten auf Holzsockeln an der rechten Seite, die Gerätschaften für die Landwirtschaft und mehrere Zentner Kartoffeln an der linken Seite des Kellers. Von der Decke hingen Schinken, Würste und Knoblauchzöpfe. Vor Kopf wachte eine Madonnen-Statue, über ihr hing das Kruzifix. Die feuchte, staubige Luft roch nach Wein und Geräuchertem. Mitten im Raum stand der große Kupferkessel, unter dem das Brennholz glühte. Das Feuer durfte nicht zu stark sein, und es musste gleichmäßig brennen. So breitete Nonno die Matratzen in der Cantina aus und schlief bis Sonntag neben dem Feuer, um auf den Grappa Acht zu geben und ihn zu testen. Am Sonntagabend hatte er 100 Liter zusammen, den Vorrat für ein Jahr."

Die Dame mit dem Pudel hustet und klopft mit dem Finger auf den Tisch.

„Ich hoffe, ich langweile Sie nicht?", entschuldigt sich der Wirt.

„In keinem Fall. Machen Sie die Rechnung für die

Dame und bringen Sie noch zwei Gläser."

Die Dame zahlt, gibt reichlich Trinkgeld und rauscht wie eine Großherzogin zum Ausgang, mit dem Pudel unter dem Arm.

„Kennen Sie die Dame?", fragt der Gast und schaut ihr belustigt hinterher.

„Flüchtig", meint der Wirt abwesend, „wo bin ich stehen geblieben? Ach ja… wir Kinder wollten unbedingt dabei sein. Acht Halbwüchsige mit Nonno auf der Matratze, zwei Nächte lang. Schon das Anzünden des Feuers am Freitag war eine Inszenierung. Nonno fing dabei an, eine Geschichte zu erzählen, jedes Jahr die gleiche, und sie dauerte drei Tage. Während des zweiten Weltkrieges war er Unteroffizier bei den Bersaglieri, der Eliteeinheit des italienischen Heeres." „Die mit den Federn auf dem Helm?", wirft der Gast ein.

„Genau. Er war in Friaul bei Udine stationiert und kämpfte gegen Titos Partisanen. Nonnos Einheit ist in den Hinterhalt geraten; dreißig Mann gegen eine ähnlich starke Partisaneneinheit. Nach langem Kampf, der detailliert erzählt wurde, gewann selbstverständlich Nonnos Einheit. Man muss dazu sagen, dass unser Grappa stärker ist als sechzig Prozent. Der erste Liter genannt ‚la Testa', hat über siebzig Prozent Alkohol, er wurde probiert und in den Kessel zurückgeschüttet. Am zweiten Tag wurden bereits etliche Liter getestet, die Geschichte nahm ihren Lauf und schon kämpften sechzig Partisanen gegen zehn Bersaglieri, doch gesiegt haben die Bersaglieri. Diesmal mussten wir Kinder ein Kampflied singen. Der Gesang war das Zeichen für die Nonna, das Essen aufzutischen und die Nachbarn wussten, wel-

che Menge Nonno schon gebrannt und getestet hat."

Der Gast lacht, der Patrone erzählt weiter: „Am Sonntag wurde zur Geschichte die alte Uniform aus der Truhe herausgeholt und das Jagdgewehr, aus dem die Nonna vorsichtshalber die Patronen entfernt hatte. Wir Kinder mussten uns hinter den Fässern verstecken, Partisanen spielen und ‚Hurra' schreien, denn in dieser Ausführung kämpfte Nonno allein gegen hundert Partisanen, und er gewann. Wenn am Sonntagabend das Kampflied der Bersaglieri erklang, dann war der hundertste Liter Grappa zu Ende gebrannt."

„Und er schmeckt hervorragend", entgegnet der Gast, kurz entschlossen, heute nicht mehr ins Büro zu gehen. Der Patrone trinkt sein Glas leer und stimmt zu: „Ja, der schmeckt."

Eine Kellnerin deckt gerade die Tische für das Abendgeschäft. Suchend läuft sie hin und her; „Chef, haben Sie die große Pfeffermühle gesehen?"

„Also doch!", lächelt der Wirt: „Ich war mir zuerst nicht sicher, aber die Dame mit dem Hund hat sie in ihrer Tasche mitgenommen."

„Wie? Sie hat sie tatsächlich gestohlen?", wundert sich die Serviererin: „Und was machen wir jetzt?"

„Nichts", meint der Wirt. „Die Dame und der Hund haben gern scharf gegessen, das Trinkgeld war königlich, und es ist heute ein herrlicher Tag. Ich wünsche den beiden viel Glück mit dem Gerät."

Der Gast schaut den Patrone an: „Also vom Grappa verstehe ich nicht viel, aber einen Spruch von Leonardo da Vinci kenne ich und der sitzt: Glücklich sind Menschen, die geboren sind da, wo guter Wein wächst."

WEINEMPFEHLUNG:
Santa Christina Lugana D.O.C. / Zenato / Venetien (ca. 9 Euro)
oder
Nozze d'Orro D.O.C. / Tasca d'Almerita / Sizilien (ca. 14,00 Euro)

Baccalá in bianco

(Stockfisch weißer Art)

❧

ZUTATEN:
1000 G GETROCKNETER STOCKFISCH
250 ML OLIVENÖL
5 KNOBLAUCHZEHEN
1 LORBEERBLATT
1500 ML MILCH
10 G PETERSILIE
100 G GEKOCHTE KARTOFFELN
SALZ, FRISCH GEMAHLENER PFEFFER

❧

ZUBEREITUNG:

Den Stockfisch mit einem hölzernen Klopfer gut ausklopfen, in einen großen Topf mit kaltem Wasser zwei Tage einweichen, das Wasser 4 Mal wechseln und den Fisch dabei durchkneten.
Danach noch eine Nacht in Milch legen.
Den eingeweichten Stockfisch mit dem Lorbeerblatt und 2 Knoblauchzehen in einen Topf mit kalter Milch legen und ca. eine halbe Stunde kochen lassen. Danach die Milch abgießen und aufbewahren.
Den Fisch auf ein Tuch legen, die Haut entfernen und sorgfältig entgräten.
Die Fischstücke mit den restlichen Zutaten in eine Schüssel geben und mit einem Mixstab pürrieren, dabei langsam das Olivenöl und die zurückgelassene Milch nach und nach zugießen.
Die Masse ständig rühren, bis sie cremig ist und nur so viel Milch benutzen,
bis die gewünschte Konsistenz erreicht ist.
Der so zubereitete Stockfisch wird kalt mit geröstetem Brot serviert.

WEINEMPFEHLUNG:
Passito Col Sandago / Col Sandago / Veneto (ca. 15 Euro)
oder
Vin Santo Tegrino d'Anchiano / Cantine Leonardo da Vinci / Toscana (ca. 18 Euro)
oder/und
Espresso (bevorzugt Julia Espresso Café)

Tiramisu

ZUTATEN:

300 ML ESPRESSO

500 G MASCARPONE

150 G PUDERZUCKER

4 EIGELB

150 G LÖFFELBISKUIT

AMARETTO

KAKAOPULVER

ZUBEREITUNG:

Espresso zubereiten und abkühlen lassen.

Mascarpone, Puderzucker und Eigelb in einer Schüssel verrühren.

Die Löffelbiskuits in Espresso tränken, in einer rechteckigen Form dicht nebeneinander auslegen, mit dem Amaretto beträufeln und mit der Hälfte der Mascarponecreme bedecken. Eine zweite Lage espressogetränkte Löffelbiskuits auf der Creme verteilen, wieder mit dem Amaretto beträufeln und mit der übrigen Creme überziehen.

Das Tiramisu über Nacht abgedeckt in den Kühlschrank stellen.

Kurz vor dem Servieren mit reichlich Kakaopulver bestäuben.

TIPP:

Zum Beträufeln mit Amaretto eine Flasche mit Zerstäuber benutzen.

Die schönste Zeit im Leben
sind die kleinen Momente,
in denen du spürst:
Du bist zur richtigen Zeit
am richtigen Ort.

Leonardo

Learning by doing

DAS STEHCAFÉ IST ZUM BERSTEN VOLL. IN DIESEN ERSTEN MONATEN DES BESTEHENS IST JEDER GAST EINE NEUENTDECKUNG, VIELE SIND BEREITS NACH WENIGEN WOCHEN STAMMGÄSTE GEWORDEN.

Der frisch gebackene Wirt ist heute spät dran. Mit mehreren Einkaufstüten bepackt, schlängelt er zwischen den Stehtischen und Gästen hindurch, die auf den Barhockern sitzend ihre Mahlzeit einnehmen. Den einen oder anderen grüßt er per Namen, wechselt ein paar Höflichkeitsfloskeln und eilt in die Küche, um die fehlenden Kohlrabi für den Eintopf abzuliefern.

Im Vorbeigehen wirft er einen Blick auf die Schiefertafel mit dem Mittagsangebot. Seit er den neuen Mann in der Küche hat, ist sie immer wieder eine Überraschung.

Carpaccio vom Rinderfilet fällt ihm auf. Der venezianische Maler ist ihm noch aus der Schule ein Begriff, aber dass der neue Koch ihn kennt, wundert ihn. Der Koch ist eigentlich ein Metzgergeselle, für den Fleischzerlegung und Kochen, neben Fußball, die einzigen erhabenen Künste sind. Na ja, diesmal hat er sich einen besonders guten Namen für seine Kreation ausgesucht.

Am Stammtisch sitzt ein Gast, der vor kurzem aus den neuen Bundesländern zum Haumannplatz gezogen ist, ein zurückhaltender, modisch angezogener Mittvierziger. Von seinem Platz neben der Theke mustert er die anderen Gäste. Ausdauernd gleitet sein Blick von Gesicht zu Gesicht, als ob er einer gewinnbringenden Beschäftigung nachginge. Er grüßt den Wirt mit einem Nicken und widmet sich wieder seiner Studie.

Hinter der Theke herrscht Chaos, denn das Mädchen im Service ist neu und unerfahren, der Barkeeper restlos überfordert. Während er dem Chef einen Lagebericht abgibt, fängt dieser an, die leeren Flaschen, die sich auf der Theke gestapelt haben, einzusammeln und schmutzige Aschenbecher mit dem Pinsel zu säubern.

„Herr Leonardo!", ruft der Gast vom Stammtisch, der immer noch nicht begriffen hat, dass der Name der Gaststätte nicht automatisch auch der Name des Wirtes ist.

„Ja bitte?", fragt der Patrone in seine Aufräumarbeit vertieft.

„Haben Sie denn keine Mikrowelle?"

„Aber selbstverständlich", antwortet der Patrone, während er hastig mit einer Karaffe Leitungswasser die drohende Katastrophe durch einen glühenden Zigarettenstummel in der Mühltonne zu retten versucht.

„Und warum nutzen Sie sie nicht?" Die Stimme des Gastes ist durch sichtlichen Ärger um eine Oktave gestiegen. Mit beleidigter Miene steht er bereits neben dem Wirt und reicht ihm den Teller, den er soeben serviert bekommen hat. „Das ist nicht mal kalt…, das ist gefroren!"

Der Patrone nimmt den Teller in die Hand und stellt zu seinem Entsetzen fest, dass der Gast aus Gera überhaupt nicht übertrieben hat. Das dünn geschnittene Rinderfilet ist tatsächlich verdammt kalt. Er weiß nicht, was er sagen soll: „Es tut mir leid…"

Mit aufsteigender Wut läuft er zum Koch in die Küche.

„Was soll das? Das ist kein Rinderfilet. Nicht nur, dass das Fleisch eiskalt ist, es ist auch zu dünn geschnitten."

Der Metzgergeselle schaut den Patrone verwirrt an: „Wie bitte?", stottert er leise, eingeschüchtert von dem vor Wut verzerrten Gesicht des Chefs, der Anstalten macht, den Teller auf den Boden zu werfen. Stumm vor Schrecken holt er das Kochbuch „Bella Italia" aus dem Regal, blättert auf die Seite mit dem Rezept für Carpaccio und versucht, das abgebildete Gericht dem Chef aus vorsichtiger Entfernung zu zeigen: „Es muss so sein, so steht es im Buch", flüstert der Koch den Tränen nahe.

„Erzählen Sie keinen Blödsinn!", knurrt der Wirt. Da der Barkeeper den Carpaccioteller in einer waghalsigen Rettungsaktion aus seinem Griff befreien konnte, sucht er jetzt einen anderen geeigneten Gegenstand, um ihn dem fassungslosen Koch vor die Füße zu werfen. Aus Verzweiflung nimmt er das Kochbuch aus den Händen des Kochs: „Rinderfilet ist Rinderfilet!", schreit er und hebt das Buch, um es auf den Küchenboden zu werfen. Das große Farbfoto des Carpaccio auf der aufgeschlagenen Seite des Buches lacht ihn höhnisch an. Das Bild ist das Abbild des Tellers mit der außergewöhnlichen Kreation seines eingeschüchterten Kochs. Mit hochgezogenen Augenbrauen und zusammengekniffenen Mundwinkeln mustert er das Foto. Er kann es kaum glauben, aber er versucht, wenn auch widerwillig, sich zu beruhigen.

Abwechselnd betrachtet er den Teller mit dem Carpaccio in den Händen des Barkeepers und das Abbild im Kochbuch: „Sie haben Recht", zischt er kleinlaut in Richtung Metzgergeselle, „Es muss wohl so sein…, glaube ich."

Sein kulinarischer Horizont, der von Butterbrot mit Mortadella bis zur Pizza Quattro stagioni reichte, erweitert sich zusehends, Carpaccio als Maler aus seiner schulischen Erinnerung hat an Dimension gewonnen. Der Koch und Metzgergeselle, in seiner Daseinsberechtigung bestätigt, kommt erleichtert wieder zu sich. Der Patrone klopft ihm Frieden schließend auf die Schulter und fängt an, über seine bevorstehende Aufgabe zu grübeln: Wie soll er das dem Gast beibringen, ohne ihn zu beleidigen oder gar bloßzustellen?

„Na ja…" Ohne Konzept verlässt er die Küche in Richtung Stammtisch. Der Gast aus Gera wartet schon, gespannt auf eine plausible Erklärung.

„Es tut mir leid, wir hätten auf die Tafel schreiben sollen, dass Carpaccio bei uns kalt serviert wird. Probieren Sie es aus, und wenn es Ihnen nicht schmeckt, schiebe ich den Teller in die Mikrowelle, was durchaus auch üblich ist."

Der verunsicherte Gast, der nach der Zeit von Glasnost und Perestrojka viele neue Erfahrungen zu verarbeiten hatte, lässt sich überreden… mit Vorbehalt. Der Patrone atmet aus und begibt sich in den Gastraum, wo das Mädchen in der Zwischenzeit alles, was sich angeboten hatte, falsch gemacht hat. Nachdem er die Lage einigermaßen geregelt hat, schaut er in Richtung Stammtisch. Der Gast hat den Teller leer gegessen, sein Glas Wein ausgetrunken, die Zigarette angezündet.

„Hat es Ihnen geschmeckt?"

„Es war nicht schlecht. Bis dato habe ich das Gericht immer warm gegessen, aber man kann sich daran gewöhnen."

Im Radio singt gerade Adriano Celentano „Azzuro". Das Mittagsgeschäft flaut allmählich ab, der Gast aus Gera zieht einen tiefen Lungenzug an seiner Lord extra und schaut den Wirt an: „Machen Sie mir jetzt bitte einen ‚Expresso' und eine ‚Terra cotta'."

Dem Patrone, der heute genug mit Verwirrung zu tun gehabt hat, bleibt ein Fragezeichen im Gesicht geschrieben. „Terra cotta?"

„Terra cotta", wiederholt der Gast, „Sie wissen schon, die weiße Creme, der Nachtisch aus Sahne… oder so."

„Aha…" Der Wirt geht sinnend in die Küche, nimmt das Kochbuch „Bella Italia" aus dem Regal und schlägt irritiert die Seite unter „T" auf.

Al dente

„Auf Wiedersehen, meine Lieben." Der elegante, ältere Herr verabschiedet sich von seiner Frau und seiner Enkelin. Sie erwidern den Abschiedsgruss mit einem Tröpfchen Unmut. Die aufreizende Blondine neben ihnen wird von einem top-modischen, durchtrainierten Mann um die dreissig in ausgesprochen legerem Ton verabschiedet. Dem Tonfall nach kommen sie alle aus Hamburg.

„Wir müssen zu einem Notartermin, der länger dauern kann", erläutert der Dressman. „Den Weibern soll an nichts fehlen, kapiert?" Dabei blinzelt er den Patrone vielsagend an.

Der ältere Herr steht abseits und leidet bereits mit seiner Frau wegen ihrer unvermeidlichen Tischgesellschaft, doch sie wird es überstehen; sie ist ein erprobtes Zubehör seiner geschäftsgesellschaftlichen Belange.

Während die Damen das Speisenangebot studieren, widmet sich der Wirt den anderen Gästen. Die Mittagszeit ist vorüber und nur vereinzelt sitzen, in ihre Zeitungen vertieft, Gäste beim Kaffee oder Digestif. Am Stammtisch neben der Theke nörgelt der Friseur von nebenan über das Mittagsangebot. „Jeden Tag das Gleiche!"

„Bla, bla, bla...", denkt der Patrone, aber er weiß, dass sein Nachbar öfter im Recht ist als es ihm lieb ist. „Bevor ich Friseur wurde, habe ich zwei Jahre Koch gelernt, ich weiß wovon ich rede." Der Wirt bedankt sich für die Tipps und geht wieder zu den Damen aus Hamburg.

Nach langem Hin und Her entscheiden sie sich für zweimal Artischocken mit Dipp und ein Wiener Schnitzel mit Bratkartoffeln und Salat.

„Bringen Sie einen Vino rosso, aber bitte einen roten!", befiehlt die jüngere der beiden.

Das dem Frühlingswetter angepasste, stoffarme Kleid und die Art wie sie sitzt, erlauben einen genauen Einblick in ihre sonnengebräunten Geheimnisse. Das Interesse des hauptsächlich männlichen Publikums macht ihr offensichtlich Spaß.

„Bleiben Sie und Ihr Mann heute in Essen, oder fahren Sie sofort wieder zurück nach Hamburg?", fragt die ältere Dame, um die Konversation in Gang zu bringen.

„Wir fahren sofort weiter, glaube ich. Außerdem ist Bärchen nicht mein Mann, aber wir kennen uns schon mehr als einen Monat." Sie runzelt die Stirn und spitzt die Lippen, um die Tragweite dieser Beziehung zu betonen. „Ich bin nämlich Model, doch der Agent, für den ich gearbeitet habe, hatte keine Schnitte, um mein Talent

zu erkennen. Bärchen hat sofort begriffen, wie wertvoll meine Arbeit ist."

Die andere Dame nickt verständnisvoll, das Mädchen zieht an ihren Zöpfen und schaut unsicher in ihre Richtung.

„Wie heißt du denn, Kleine?"

„Emma", antwortet das Kind und senkt den Blick.

„Du kannst Betty zu mir sagen", schlägt das Model gönnerhaft vor und kaut weiter an ihrem Kaugummi. „Für die Schuhe habe ich bei Gucci 600 DM bezahlt, sind sie nicht entzückend?" Die ältere Dame versucht, nicht ohne Erfolg, ihren Unmut zu verbergen, und betrachtet wie alle anderen im Raum die zur Schau gestellten Beine.

Der Patrone, selbst beeindruckt, serviert die Speisen und versucht, sich auf seine Arbeit zu konzentrieren. Etwas später schaut er nochmals vorbei.

„Sagen Sie mal", Betty kämpft mit dem Artischockenblatt und löffelt den Dipp aus der Schale als wäre es Suppe, „muss diese Minestrone kalt sein?" Er weiß nicht, was er sagen soll, doch die Fragerei geht weiter. „Und der rote Vino rosso, ist das ein Barett Wein?"

„Sie meinen, ob er im Holzfass gelagert war?", fragt er vorsichtig.

„Ach, ist auch egal", meint Betty, „heute werden die Weine zu sehr hochsterilisiert und die meisten Menschen haben sowieso keine Ahnung davon."

Die alte Dame verzieht keine Miene und widmet sich dem Schnitzel. Das Kind dippt ein Artischockenblatt, lutscht es ab und legt es auf den Teller. Betty beißt in das harte, ungenießbare Blatt, kaut es, schluckt es herunter und löffelt den Dipp als Suppe hinterher.

Auf dem Teller des Mädchens sind die ausgelutschten Blätter ordentlich nebeneinander aufgereiht. „Hast du denn keinen Hunger?", fragt Betty das Mädchen und trinkt einen ordentlichen Schluck Vino rosso. Die Kleine lächelt verlegen und schaut die Oma fragend an.

„Wir haben heute früh reichhaltig gefrühstückt." erklärt die alte Dame und putzt den Mund mit der Serviette.

„Ach, genieren Sie sich nicht, Bärchen zahlt alles", sagt Betty, während sie an ihrem Rock zieht um aufzustehen, nicht ohne ihr Höschen zu präsentieren. „Schuldigen sie, aber ich muss jetzt mal." Auf ihrem Weg zur Toilette lässt sie keinen Gast gleichgültig.

„Oma, diese Betty hat gesagt, dass die Schuhe 600 DM gekostet haben, aber auf der Schuhsohle klebt noch das Preisschild mit 150 DM." Die alte Dame schmunzelt hinter vorgehaltener Hand. „Tja mein Kind, sie muss dem Schuhverkäufer wohl 450 DM Trinkgeld gegeben haben."

Aus den Lautsprechern erklingt ein Samba-Lied. Betty, die nach einer zufriedenen Begegnung mit dem Toilettenspiegel wieder zum Tisch läuft, deutet einige Tanzschritte an, macht eine kleine Pirouette, der bewundernde Männerblicke folgen und nimmt wieder am Tisch Platz. Bester Laune redet sie ununterbrochen weiter, über Golfen in Florida, einkaufen in Mailand, Urlaub auf den Malediven.

„Kennen Sie Florida?", fragt die alte Dame.

„Noch nicht, aber Bärchen hat versprochen … vielleicht im nächsten Monat…"

Die alte Dame, die ihren Part des Gesprächs auf das Wesentliche reduziert hat, wartet nur noch darauf, abgeholt zu werden, das Kind tut so, als ob es zuhört.

Der Notartermin ist nach drei Stunden endlich zu Ende. Die Enkelin läuft dem Opa in die Arme, die alte Dame steht erleichtert auf, bedankt sich mit leichtem Kopfnicken beim Wirt und geht auf ihren Mann zu. Das modebewusste Muskelpaket gibt Betty einen Klaps auf den Po. „Na, Süße, bist du gut bedient worden?"

„Lass mich nachdenken, Bärchen…", sie zählt die Punkte auf, indem sie mit dem Zeigefinger der rechten Hand auf die Finger der linken tippt und konzentriert nachdenkt. „Der Vino rosso war gut, die Musik war gut, die Suppe war kalt, aber sie muss so sein, die Artischocke war al dente und der Wirt war besonders nett, er hat sich sehr viel Mühe gegeben, war richtig arrangiert." Bärchen ist mit dem Bericht zufrieden. „Na dann hat sich die Reise ja für alle Beteiligten gelohnt", und kneift Betty nochmals in den Po.

Das Restaurant ist wieder leer, Bärchen ist mit einem notariell beglaubigten Vertrag, mit Betty im Arm und mit quietschenden Reifen auf und davon. Das ältere Ehepaar und die Enkelin sind in einen grünen Jaguar gestiegen und fahren langsam vorbei. Das Engagement ist mit reichlich Trinkgeld belohnt worden und am Haumannplatz ist es wieder still.

Der Patrone schaut dem Jaguar nach und kaut vorsichtig an einem Artischockenblatt… „Tatsächlich al dente", schmunzelt er.

ANRICHTEN:
Die Spaghetti in einem warmen Pastateller anrichten.
Vor dem Servieren einige Tröpfchen Trüffelöl auf die Nudeln träufeln.

WEINEMPFEHLUNG:
Chianti D.O.C.G. / Vecchia cantina di Montepulciano / Toscana (ca. 6 Euro)
oder

Spaghetti mit Currywurst und Trüffelöl

❦

ZUTATEN:

4 BRATWÜRSTE

400 ML TOMATENSAUCE (SIEHE TOMATENSUPPE)

6 EL KETCHUP

3 EL CURRYGEWÜRZ

2 EL ROTES PAPRIKAPULVER

400 G SPAGHETTI

20 G BUTTER

TRÜFFELÖL

SALZ, FRISCH GEMAHLENER PFEFFER

❦

ZUBEREITUNG:

Die Spaghetti in einen großen Topf mit kochendem Salzwasser einstreuen und

al dente kochen (ca. 8 Minuten).

In einer Pfanne die Butter erhitzen, die in Scheiben geschnittene Bratwurst dazugeben und anbraten.

Die Tomatensauce, Ketchup, Curry und Paprikapulver vermischen, die heißen Spaghetti dazugeben,

mehrmals schwenken, mit Salz und Pfeffer abschmecken.

ANRICHTEN:
*Die gekochten Nudeln kurz in der Sauce schwenken
und sofort servieren.*

WEINEMPFEHLUNG:
*Merlot Collio D.O.C. / Friulvini / Venetien (ca. 7,50 Euro)
oder
Chianti Classico D.O.C.G. / Melini / Toscana (ca. 9,50 Euro)*

Ravioli à la carbonara

✿

Zutaten:

Teig:

250 g Weizenmehl (405 oder 505)
100 g Hartweizengriess
2 Eier
4 Eigelb
ein wenig Eiweiss
2 EL Olivenöl
1 Prise Salz
ggf. etwas kaltes Wasser

Füllung:

für die Füllung: 250 g frische Erbsen
(ggf. junge tiefgekühlte Erbsen)
4 grosse Minzeblätter
1 Prise Salz / 1 Prise Zucker

Sauce:

400 ml süsse Sahne
6 Scheiben Bacon
1 Handvoll frisch geriebenen Parmesan
(nach Geschmack)

✿

Zubereitung:

Nudeln: Mehl und Grieß mischen und auf die Arbeitsfläche schütten. In die Mitte eine Mulde drücken. Eier, Eigelb, Salz und Olivenöl in die Mulde geben. Von außen nach innen vermischen und zu einem geschmeidigen Teig verkneten. (TIPP: länger kneten = mehr Biss bei der Nudel). Wenn der Teig zu fest ist, etwas Wasser, wenn er zu weich und noch klebrig ist, etwas mehr Mehl hinzugeben. Den fertigen Teig luftdicht in Folie einschlagen und für mindestens eine halbe Stunde im Kühlschrank ruhen lassen.

Füllung: Erbsen weich kochen. Die Minze fein hacken. Die gekochten Erbsen mit einer Gabel zu Püree zerdrücken, mit der gehackten Minze mischen, mit Salz und Zucker abschmecken und abkühlen lassen. Weiterverarbeitung: Den Teig mit der Nudelmaschine (bis Stufe 7) oder mit dem Nudelholz dünn ausrollen (mit viel Mehl auf der Arbeitsfläche arbeiten). Kreisförmig (ca. 8 – 10 cm Durchmesser) mit einem Ausstecher oder z.B. einem Wasserglas ausstechen. Jeweils in die Mitte je einen Teelöffel Erbsenpüree geben, den Rand dünn mit Eiweiß bestreichen und den Teig zu Halbkreisen zusammenklappen (möglichst ohne Lufteinschluss). Die Ränder fest andrücken und die einzelnen Nudeln zum Antrocknen auf ein mit Hartweizengrieß bestreutes Backblech legen. Den gesamten Teig und die Füllung so verarbeiten. Kurz antrocknen lassen und gut 2 Minuten in leicht kochendem Salzwasser ziehen lassen (gar schwimmt oben). Mit einem Schaumlöffel aus dem kochenden Wasser nehmen (nicht abschrecken).

Sauce: Den Bacon in Stücke schneiden und ohne Fett in einer heißen Pfanne braten. Das ausgelassene Fett abgießen. Mit der Sahne auffüllen und bei starker Hitze kurz bis zur gewünschten Konsistenz reduzieren. Parmesan einrühren.

Italienische Momente

Am Fenstertisch mit Blick auf das Landgericht sitzt eine Altherrenrunde, Stammgäste, die den Platz seit Jahren beanspruchen. Aus dieser Position haben sie das Restaurant und die Straße am Haumannplatz voll im Blick, um über die Passantinnen, die Gäste und die Mitarbeiter lästern zu können, eine Art Waldorf und Stadler aus der Muppet Show. Es ist Sommer, aber die Schiebetüren sind wegen des plötzlichen Regens und des Windes draußen geschlossen. Die Schwüle im Raum, vermischt mit dem Essensdunst und dem Rauch mehrerer Zigarren, ist kaum zu ertragen.

Ein Pärchen, er um die fünfzig, sie um die zwanzig, nimmt am Nachbartisch Platz. Die Blicke der älteren Herren mustern sie von oben bis unten, augenscheinlich bemüht, sie in eine geeignete Schublade einzuordnen. Nachdem sie das Wesentliche in Erfahrung gebracht haben, widmen sie sich wieder ihrem Gespräch über Politik und die Wirtschaftslage der Nation.

Das Paar ist so mit sich beschäftigt, dass es die Aufmerksamkeit des Nebentisches nicht einmal registriert. Nach langem Studieren der Speisen- und Getränkekarte entscheiden sie sich für zwei Weizenbiere und die gebratene Blutwurst mit lauwarmem Kartoffel-Endiviensalat aus dem Tagesangebot.

In Rekordzeit bekommen sie von einem der Mädchen im Service die Getränke und das Essen serviert. Kurz danach ruft der Gast den Wirt mit einer Handbewegung zu sich.

„Herr Ober, können Sie uns bitte noch etwas Senf bringen?"

„Selbstverständlich, mein Herr", erwidert der Wirt, schon auf dem Weg zur Küche.

Zurück zum Tisch, schnalzt er mit der Zunge, küsst seine Fingerkuppen und sagt mit gespieltem Pathos:

„Das ist ein besonderer Senf, direttamente aus Parma", dabei stellt er eine kleine Schüssel aus weißem Porzellan auf den Tisch. „Der echte Parmasenf." Mit geübter Verbeugung verlässt er den Tisch, stolz auf diese erlesene Köstlichkeit aus seinem Hause.

Die älteren Herren vom Nebentisch, die die Späße des Wirtes gewohnt sind, lachen kurz über den „Parmasenf" und im nächsten Augenblick läuft alles wie gewohnt weiter.

Eine Stunde später, nachdem das Pärchen aufgegessen, Zärtlichkeiten ausgetauscht hat und die meisten anderen Gäste das Restaurant in Richtung Büro verlassen haben, kommt der Wirt zum Altherrenstammtisch, um zu kassieren. Der Gast vom Nebentisch hebt die Hand mit der Geldtasche: „Können wir auch zahlen?"

Einer der Herren vom Stammtisch, der Frauenheld mit blau schimmerndem Haar, gibt mit lässiger Handbewegung den Gästen vom Nebentisch den Vorrang.

Sichtlich angeschlagen vom Mittagsgeschäftstress, wendet sich der Wirt dem Pärchen zu. Der Gast schaut ihn an, fasst ihn schweigend ans Handgelenk und hält seinen Blick eine Zeit lang bedeutend an. Dann schüttelt er leicht den Kopf: „Hören Sie mal …", Ernsthaftigkeit und seelische Bewegung schwingen in seiner Stimme, es ist plötzlich still im Raum. Die älteren Herren vom Nebentisch hören interessiert zu. Der Wirt, allmählich unsicher, erwartet eine Beschwerde über das Essen, oder eine andere böse Überraschung. Er will die Hand aus dem Griff des Gastes befreien, aber der Gast denkt nicht daran, die Hand loszulassen. Statt dessen atmet er tief ein, die letzten Worte wiederholend: „Hören Sie mal… die Italiener, die haben's in sich."

Jetzt lässt er die Hand des Wirtes los und lächelt ihn freundlich an, vermutlich auf eine Reaktion, ein Zeichen des Stolzes im Gesicht des Wirtes wartend. Der Wirt ist sich nicht sicher, auf welche „italienische Seite" er angesprochen wurde, denn er selbst ist kein Italiener, die so zubereitete Blutwurst ist in keinem Fall ein italienisches Gericht, keine italienische Arie kam aus der Küche, denn dafür war es noch zu früh…, na ja, der Name des Restaurants, „Leonardo", der ist italienisch.

Die Erklärung des Gastes lässt nicht lange auf sich warten: „Der Senf aus Parma… , hören Sie mal… , das ist erste Sahne, so etwas können nur die Italiener, ich

kenn' mich aus, ich weiß wovon ich rede." Seine Begeisterung findet kein Ende.

„Cerutti, Armani, Ferrari, Versace, Proschiutto di Parma, Pellegrino und jetzt auch Parmasenf…! Viva Italia!"

Die Altherrenrunde vom Nebentisch feixt, in den Augen des Wirtes schwimmen die ersten Lachtränen, das Gesicht des Gastes ist von Begeisterung gezeichnet. „Wir beide, wir werden Sie weiterempfehlen", sagt er beim Aufstehen. Seine Begleiterin macht es ihm nach, unheimlich stolz, an der Seite eines Mannes von Welt zu sein. Sie verabschieden sich mit einem Händedruck vom Wirt, nicken freundlich den lachenden Herren vom Nachbartisch zu und verlassen zufrieden diese italienische Oase.

„Siehst du Schatz, beim Italiener wird immer gelacht, das ist ein besonderer Schlag von Menschen…". Sie schaut ihn verliebt an.

Parmasenf ist seit dem Tag ein gängiger Begriff im „Leonardo". Wenn im Service ein neues, unerfahrenes Mädchen auftaucht, bestellt einer der Stammgäste „Parmasenf". Das Mädchen läuft mit der Bestellung in die Küche und der Koch füllt ein Schälchen voll „Löwensenf mittelscharf" in die Sauciere.

„Der Gast hat ausdrücklich den Senf aus Parma bestellt", protestiert das Mädchen. Der gestresste Koch zeigt ihr einen „Vogel" und widmet sich wieder seinen Töpfen. Na ja, es braucht eine Weile, bevor sie selbst dahinter kommt.

Die Erinnerung an den begeisterten Italienfan wird nie verblassen in diesem kleinen Universum gegenüber dem Landgericht.

ANRICHTEN:
Den lauwarmen Kartoffel-Endiviensalat auf die Mitte des Tellers platzieren, vier Scheiben gebratene
Blutwurst auf den Salat legen, die gebratenen Zwiebeln über die Blutwurst geben und
mit etwas Senf servieren.

WEINEMPFEHLUNG:
Rosso Conero „San Lorenzo" D.O.C. / Umani Ronchi / Marken (ca. 10 Euro)
oder

Gebratene Blutwurst
mit lauwarmem Kartoffel-Endivien-Salat

ZUTATEN:

800 G BLUTWURST (BEVORZUGT DIE BLUTWURST VON MENGEDE)

300 ML LEONARDOS SALATDRESSING

150 G BUTTERSCHMALZ

100 ML ÖL

50 ML WEISSER BALSAMICO-ESSIG

800 G GEKOCHTE KARTOFFELN

1 KOPF ENDIVIENSALAT

100 G SCHALOTTEN

100 G MEHL

2 GROSSE ZWIEBELN

SENF

SALZ, FRISCH GEMAHLENER PFEFFER

ZUBEREITUNG:

Die Blutwurst von der Haut befreien, in ca. 10 cm große Stücke schneiden, halbieren und in Mehl wenden. Den Schmalz in der Pfanne erhitzen, die Blutwurst von beiden Seiten kurz anbraten, mit Salz und Pfeffer abschmecken.

Die gekochten Kartoffeln durch eine Kartoffelpresse in einer Schüssel auspressen, den Endiviensalat kleinschneiden, mit gehackten Schalotten in die Schüssel geben und vermischen. Leonardos Dressing und Balsamico-Essig dazugeben, mit Salz und Pfeffer abschmecken und gut verrühren.

Das Öl in einer Pfanne erhitzen, die Zwiebeln in Ringe schneiden und schmoren lassen. Mit Salz und Pfeffer abschmecken.

Leonardos Salatdressing

ZUTATEN:

100 ML PFLANZENÖL

50 ML OLIVENÖL

1 EL SENF

2 EIER

2 TL HONIG

50 ML WEISSER BALSAMICOESSIG

50 ML SCHWARZER BALSAMICOESSIG

100 ML WASSER

SALZ,

FRISCH GEMAHLENER PFEFFER

ZUBEREITUNG:

Den Essig, den Senf, die Eier,

den Honig, Salz und Pfeffer

mit Wasser verrühren.

Das Öl nach und nach

langsam dazugeben,

mit dem Mixstab verrühren

bis die Sauce emulgiert.

WEINEMPFEHLUNG:
Gavi D.O.C.G. / Batasiolo / Piemont (ca. 8 Euro)
oder
Tocai Friulano D.O.C. / Livio Feluga / Friaul (ca. 17 Euro)

52

Rucola-Risotto

ZUTATEN:
250 G RISOTTOREIS (VIALONE ODER CARNAROLI)
1 KNOBLAUCHZEHE
150 G SCHALOTTENWÜRFEL
100 G PARMESAN (FRISCH GERIEBEN)
500 ML HÜHNERBRÜHE
100 ML WEISSWEIN
50 ML SAHNE
40 G BUTTER
3 BUND RUCOLA
1 THYMIANZWEIG
SALZ, FRISCH GEMAHLENER PFEFFER

ZUBEREITUNG:
Schalottenwürfel mit Butter und Reis in einem Topf andünsten. Mit der Hälfte der Brühe ablöschen.
Knoblauch und Thymianzweig hinzugeben und unterrühren. Den Wein dazu gießen. Wenn die
Flüssigkeit aufgesogen ist, nach und nach die Hühnerbrühe dazu gießen.
Thymian und Knoblauch entfernen und mit Salz und Pfeffer abschmecken.
Rucola und Knoblauch in einer Pfanne mit Butter kurz andünsten (nicht gar).
Mit Sahne ablöschen und mit Salz und Pfeffer abschmecken.
Den Sud mit Rucola in den Risotto vermischen und noch etwas garen lassen.
Wenn der Reis weich und leimig ist, den geriebenen Parmesan dazugeben,
nochmals abschmecken und sofort servieren.

Lammkoteletts
im Bärlauch-Kartoffel-Mantel

ZUTATEN:
1,2 KG LAMMCAREE'
20 G BÄRLAUCH
20 G PARMESAN
15 G PINIENKERNE
50 ML OLIVENÖL
80 G GEKOCHTE KARTOFFELN
3 EIGELB
20 G PANIERMEHL
MEHL
OLIVENÖL ZUM BRATEN
SALZ, FRISCH GEMAHLENER PFEFFER

ZUBEREITUNG:

Den Bärlauch, den Parmesan und die Pinienkerne in einen Mixer geben, das Olivenöl langsam nachgießen und alles zusammen pürieren. Mit Salz und Pfeffer abschmecken. Dieses Bärlauchpesto mit gepressten Kartoffeln, Eigelb und Paniermehl vermengen. Die Masse auf einer Arbeitsfläche im Mehl ausrollen.

Aus dem Lammcareé Koteletts schneiden, mit Salz und Pfeffer würzen und in die ausgerollte Masse einwickeln. Das Olivenöl in einer Pfanne erhitzen und die Lammkoteletts von beiden Seiten goldbraun anbraten. Die Koteletts ggf. mit geschmortem Gemüse servieren.

TIPP:

Im „Leonardo" servieren wir zu den Lammkoteletts oft Risotto (siehe Rucolarisotto).

Ein Tag wie jeder andere?

Es ist kurz nach Mittag, das Restaurant ist so voll wie immer um diese Zeit. Die Serviererinnen in ihren weissen Schürzen eilen aneinander vorbei. „Spiegeltisch wartet auf die Getränke!" „Schau mal nach dem Aschenbecher am Regaltisch!" „Fenstertisch hat kein Trinkgeld dagelassen." Jahr um Jahr die gleichen Gäste, die gleiche Tischordnung, die gleichen Bestellungen, ein Vorgang, über den man nicht mehr nachdenken muss.

„Guten Tag, Herr Kling", sagt das Mädchen, der Barkeeper hatte das Wasser und ein Viertel Gavi für ihn bereits fertig, als er ihn beim Blick durchs Fenster auf die Tür zukommen sah, und das Personal hatte schon gewettet, für welches der drei Gerichte auf der Mittagstafel Herr Kling sich heute entscheidet. Richtig, Kasseler mit Sauerkraut! Mandy hatte wieder einmal Recht.

Der Chef läuft durchs Gewühl und verbreitet Chaos, auch das kennt man schon.

Am Stammtisch wird ein Witz erzählt, fünf Minuten später hat er sich an fast allen Tischen herumgesprochen. Der Gast am Fenster hat zwei Konzertkarten für Eros Ramazzotti zu verschenken, drei Minuten später hat der Wirt die Karten an Herrn Voss vermittelt. Herr Otto wird am Telefon verlangt, die Sekretärin von Rechtsanwalt Fischer übergibt Rechtsanwalt Schüler an der Theke des Restaurants einen verschlossenen Briefumschlag.

Das Durcheinander und die Lautstärke sind ein Teil des Alltags.

Am Tafeltisch, dem Tisch gleich neben dem Eingang, sitzen fünf Gäste, zwei Damen und drei Herren. Sie trinken eine Flasche Champagner, zum guten Abschluss einer Erbschaftsangelegenheit. In der allgemeinen Hektik fällt die kleine Gruppe nicht besonders auf.

Die Zeit rennt, die Tische werden im Viertelstundentakt neu besetzt.

Der Wirt begrüßt neue Gäste, kassiert, flirtet mit einer Oma, die alleine am Fenster sitzt.

„Schauen Sie mal Chef, die Dame am Tafeltisch schläft", meint eine Serviererin im Vorbeigehen. Der Wirt schenkt der Oma ein Lächeln und begibt sich zum Tafeltisch. Die ältere der beiden Damen ist tatsächlich neben dem unberührten Rumpsteak eingeschlafen. Die andern vier Gäste diskutieren angeregt, die Flasche Champagner ist leer.

„Bringen Sie uns bitte noch eine Flasche!"

„Sehr gerne, aber..., geht es der Dame nicht gut?", fragt der Wirt vorsichtig.

„Sie ist bloß müde", meint der Herr, der ihr gegenüber sitzt und sich an seinem überdimensionalen Wiener Schnitzel zu schaffen macht. Der andere, neben ihr sitzende, tippt ihr leicht auf die Schulter, doch die Dame schläft weiter.

„Erika, ist dir nicht gut?", fragt die zweite Dame am Tisch. Keine Antwort. Erika schläft.

„Sie schläft nicht, ich glaube sie ist ohnmächtig", erwidert ihr Tischnachbar unsicher und dreht den Kopf der Dame vorsichtig um; ihr Gesicht ist weiß wie der Teller mit dem unberührten Steak, die Lippen blauviolett und halb geöffnet.

„Sie atmet nicht!", sagt der Herr, während er den Puls zu ertasten versucht. „Ich finde keinen Puls... , nichts..."

In der Zwischenzeit hat der Wirt seinen Freund, der unweit vom Restaurant eine urologische Praxis hat, per Handy angerufen. „Leg die Frau hin, hebe ihr die Beine hoch und rufe sofort einen Krankenwagen", rät der Urologe. Der Herr, der auf der Bank neben der Unglücklichen sitzt, macht Platz und legt ihr ein Kissen unter den Kopf, die anderen am Tisch essen schnell noch einen Happen.

Nach überraschend kurzer Zeit bremst der Krankenwagen mit quietschenden Reifen vor der Restauranttür. Während der Arzt die Gummihandschuhe anzieht und die ersten Fragen an die Begleiter der bewusstlosen Dame stellt, holen zwei Sanitäter einen großen Koffer aus dem Wagen. Ein zweiter Krankenwagen

parkt vor der Tür.

Erst als der leblose Körper am Boden neben dem Eingang unter den Elektroschocks des Wiederbelebungsgeräts zu zucken beginnt, wird der Vorgang von den anderen Gästen im Restaurant wahrgenommen. Der eine oder andere erkundigt sich flüchtig, was die Aufregung bedeutet, im nächsten Augenblick schlürft er weiter an seiner Suppe oder prostet dem Geschäftspartner zum guten Geschäftsabschluss zu. Das Mittagsgeschäft des Restaurants läuft ungestört weiter.

Der Wirt, durch die Ereignisse am Tafeltisch abgelenkt, versucht sich wieder einen Überblick zu verschaffen: Am Richtertisch fehlt ein Aschenbecher, ein Stammgast wartet an der Theke auf Kleingeld für die Parkuhr, die Gäste am Fenster wollen zahlen. Es ist viel zu tun, das Geschäft ist in vollem Gang, wieder wird ein Witz erzählt, es wird gelacht.

Im Vorbeigehen registriert er den leblosen Körper auf dem Boden und die sechs oder sieben weißgekleideten jungen Leute, die den Versuch nicht aufgeben wollen, das Leben zurückzuholen. Der Restauranteingang ist durch die Sanitäter und ihre Gerätschaften versperrt.

„Wer wird die Rechnung bezahlen?" Es ist nur der Anflug eines Gedankens. Im nächsten Augenblick schämt der Wirt sich schon dafür und hofft, dass diese Frage keiner der Gäste auf seiner Stirn lesen konnte. Auch die Normalität, mit der man diesem vergeblichen Kampf

gegen den Tod begegnet, beschämt ihn.

Einige Gäste, die bereits bezahlt haben, wollen das Restaurant verlassen. Da der Ausgang versperrt ist, muss die Schiebetür geöffnet werden. „Man kann nicht mal in Ruhe essen!", beschweren sich die Gäste, die aufstehen müssen, um den Durchgang freizugeben. Der Wirt bietet eine Runde Prosecco als Entschuldigung.

Am Tisch unmittelbar neben der Sterbenden haben zwei junge Geschäftsleute ihre Vorspeise beendet: „Wo bleiben unsere Getränke?", murren sie ungeduldig. Der Wirt zuckt die Schulter, um seine Ratlosigkeit zu zeigen, entschuldigt sich und bietet ihnen einen der gerade frei gewordenen Plätze am Fenster an, damit sie ihre Mahlzeit weg vom Geschehen fortsetzen können. „Ma-

chen Sie nur, bringen Sie endlich den Hauptgang.".

Es ist nach vierzehn Uhr, die meisten Gäste sitzen schon wieder in ihren Büros, die Krankenwagen sind weg. Während die Leichenbestatter den Sarg forttragen, zählt der Wirt den Umsatz. Jetzt erst, in der Stille des Nachmittags, überfällt ihn die Beklommenheit, doch die Tische sind wieder sauber, in dem Lokal ist es ruhig und aufgeräumt, nichts erinnert an den Mittagsstress und an den Todesfall, den es heute gab.

Auf dem Weg zur Bank trifft er wie jeden Nachmittag den Freund vor seiner urologischen Praxis. Zusammen laufen sie auf der Rüttenscheider Straße in Richtung Süden und schweigen.

Ein Tag wie jeder andere.

Il tempo se ne va

„UNVERSCHÄMT, NICHT WAHR? DIE JUGEND VON HEUTE HAT KEINEN FUNKEN BENEHMEN!"
„EIN WIDERLICHER ANBLICK!"

Entrüstet beobachten drei ältere Damen ein junges Pärchen, das an einem der Tische gegenüber mit freizügigem Eifer Zärtlichkeiten austauscht.

„Denen geht es heute einfach viel zu gut!", pflichtet die dritte Dame bei und tunkt kopfschüttelnd ein

Plätzchen in den Kaffee. „Sie sind schlecht erzogen und taugen nichts."

„Also, meine Kinder, die waren immer…"

Der Patrone hört unbeteiligt zu, während er das Geschehen im vollen Restaurant beobachtet.

Am Tisch neben dem Piano kauert ein Gast über einem Glas Wasser und studiert die Speisenkarte: „Bringen Sie mir bitte Brot und Quark, ich brauche noch etwas Zeit, um mich zu entscheiden." Sein durchgeschwitzter Kragen hat gelbliche Ränder, das strähnige Haar klemmt hinter den Ohren, die schwarze Robe mit Seidenbesatz, die neben der Aktentasche liegt, bezeugt seinen Beruf. Neben ihm sitzen zwei Geschäftsleute, der eine redet ununterbrochen, der andere heuchelt höfliches Interesse. Sie haben eine Flasche Chardonnay bestellt. Während der Wirt das gewohnte Ritual des Flaschenöffnens vollzieht, hat der Gast am Nebentisch den vollen Brotkorb samt Quark leergegessen. „Ich möchte das Wasser bezahlen, ihre Speisekarte sagt mir leider nicht zu." Der Patrone beschenkt ihn mit einem ausdruckslosen Blick und kassiert 1,60 Euro: „Zu Brot und Quark sind Sie herzlich eingeladen. Einen schönen Abend noch."

Auch die elegante Dame zwei Tische weiter weiß nicht, was sie essen soll. Ihr Begleiter kann ihr die Entscheidung nicht abnehmen. „Was soll ich nur essen…? Seezunge…? Hmm… Können Sie die Seezunge empfehlen?" Der Wirt schaut sie an. Was soll er dazu sagen?

„Selbstverständlich, sie ist sehr empfehlenswert."

„Ach nee", sagt die Dame: „Ich nehme doch wohl lieber Ihr Kalbsschnitzel mit geschmortem Rucola. Sagen Sie, ist das Schnitzel vom Schwein?"

Es gibt Tage, die es besser nicht geben sollte. Draußen bereitet sich ein Gewitter vor, der Vollmond verwirrt die allgemeine Stimmung, die Nachrichten des Tages sind unerfreulich, der Filialleiter der Bank hat wegen des Kontostandes Rücksprache gehalten. Kalbsschnitzel vom Schwein… , na ja.

Die Tische auf der Terrasse vor dem Restaurant sind leer, der Abend ist kühl und trüb, zu ungemütlich für Ende Mai, doch die kalte Luft ist eine Erlösung. Die Geräusche und die dicke Luft der Gaststätte hinter sich lassend, setzt sich der Wirt in einen der Korbstühle und atmet tief durch. Die Stille wird durch wenige vorbeifahrende Autos unterbrochen und die Gewichte des Tages entschwinden mit dem Motorengeräusch. Es ist nur ein kurzer Augenblick der Schwäche, ein Tröpfchen in ein volles Glas. Das verdammte Kalbsschnitzel vom Schwein!

Durchs Fenster verfolgt er das Geschehen im Restaurant. Es läuft alles reibungslos, er kann eine kurze Pause gebrauchen.

Der Himmel verdüstert sich im Minutentakt, der Tag löst sich im Regen auf. Schwerfällige Regentropfen platschen auf den Tisch, Passanten eilen vorbei. Aus dem Terrassenlautsprecher singt Adriano Celentano: „…il tempo se ne va" – „…die Zeit vergeht". Er zieht seinen Stuhl unter den Schutz des Vordaches, um dem Regenguss zu entgehen.

Eine Dame mit durchnässtem Haar gesellt sich grußlos zu ihm, ohne ihn eines Blickes zu würdigen. Sie kommt ihm bekannt vor, aber in seiner leicht niedergeschlagenen Stimmung versucht er nicht, sie einzuordnen. Der Regen, der wie ein Schlag eingesetzt hat,

lässt plötzlich nach und die Dame, die diese Pause zum Weitergehen nutzt, schenkt ihm den Anflug eines Lächelns. Während ihre Gestalt in der Dunkelheit verschmilzt, baut sich in seiner Erinnerung eine Folge abgerissener Fragmente zusammen. Plötzlich ist das Bild gegenwärtig.

Vor fünfzehn Jahren, kurz nach der Eröffnung des Restaurants, hatte er sie zum ersten Mal vor seinem Fenster gesehen, ein verspieltes, schönes Mädchen, dass mit den Akten unter dem Arm ihren Feierabend genoss, und in Richtung Hans-Luther-Allee lief. Nach einigen Monaten konnte er die Uhr nach ihr stellen, denn halb fünf war ihre Zeit. Irgendwann lief, im Abstand von einigen Schritten, ein gut aussehender, junger Mann hinter ihr her. Der Abstand verkürzte sich wöchentlich, bis der Junge ein paar Monate später, wie selbstverständlich, die Akten des Mädchen trug und ihr aufmerksam zuhörte. Sie gestikulierte wie eine Italienerin und schaffte es immer irgendwie, ihn zum Lachen zu bringen. Nach kurzer Zeit liefen sie Hand in Hand. Er sah sie förmlich ihrem gemeinsamen Schicksal zusteuern. Ihre Umarmungen wurden fester, vertraulicher.

Irgendwann schien sie schwanger zu sein, dann war es nicht mehr zu übersehen. Den Stolz und die Fürsorge konnte man im Gesicht des Mannes ablesen. Zuerst schoben sie den Kinderwagen vor sich her, später lief der Junge zwischen den beiden, Hand in Hand. Im Laufe der Jahre wuchsen sie zu einer Einheit zusammen, zu einem dreifältigen Idealbild der Liebe und der Wirt, der für die eigene Familie kaum Zeit fand, genoss das tägliche Ritual als etwas Eigenes, als Teil seines Alltags. Sie hatten das

Restaurant nie besucht, er weiß nicht einmal, ob sie es überhaupt wahrgenommen haben, doch er fühlte sich ihnen verbunden.

Wie es im Leben oft vorkommt, hatte aber auch diese Beziehung einmal den Punkt erreicht, ab dem es nur noch bergab geht. Er kann sich nicht erinnern wann und wie, aber das Hand-in-Hand-Gehen wurde seltener, das gemeinsame Lachen gehörte der Vergangenheit an. Der Junge spielte mit dem Gameboy und lief einige Schritte hinter den Eltern her, die kaum miteinander redeten. Der Wirt wurde immer mehr der Treuhänder ihrer Traurigkeit. Dann kam die Zeit, in der die Mutter allein mit dem Jungen am Laden vorbeiging, und dann nicht mehr.

In zerstreuter Nachdenklichkeit verfolgt er die Silhouette der Frau in die Nacht. Er weiß nicht mal ihren Namen.

Ein Nachbarjunge, der eine Konservendose vor sich herkickt, grüßt ihn im Vorbeigehen. Er wiederholt den Gruß, ohne ihm einen Sinn abzugewinnen, immer noch fasziniert von der Traurigkeit dieser Erinnerung. Eine Erinnerung im Zeitraum eines Atemzuges, denn die Empfindung verflüchtigte sich im nächsten Augenblick.

„Chef, können Sie bitte in die Küche kommen?"

Er steht auf, atmet die frische Luft nach dem Regen tief ein: „Was gibt's?"

„Die Dame will jetzt doch wieder Seezunge statt Kalbsschnitzel haben."

„Wie kommt das?", fragt der Patrone schon wieder in seinem Element.

„Sie kann kein Schweinefleisch vertragen."

Das gebratene Schnitzel mit zwei Scheiben Zitrone auf einem großen Teller platzieren, die Bratkartoffeln dazugeben. Im Leonardo servieren wir gemischten Salat als Beilage.
Tipp: Das original Wienerschnitzel wird mit Sardellenfilets und Kapern garniert und mit Gurkensalat oder Kartoffelsalat serviert.

WEINEMPFEHLUNG:
Bardolino D.O.C. / Cantina di Soave / Venetien (ca. 4,50 Euro)
oder

(Leonardos) Wiener Schnitzel mit Bratkartoffeln

❧

ZUTATEN:

SCHNITZEL:

900 G KALBSOBERSCHALE
(VOM METZGER PARIERT)
500 G MEHL
500 G PANIERMEHL
8 EIER
500 G BUTTER
250 ML PFLANZENÖL
2 ZITRONEN

BRATKARTOFFELN:

250 G BUTTERSCHMALZ
1 KG KARTOFFELN
2 GROSSE ZWIEBELN
250 G GEWÜRFELTER SPECK
50 G GEHACKTE PETERSILIE
KRÄUTER DE PROVENCE
SALZ, FRISCH GEMAHLENER PFEFFER

❧

ZUBEREITUNG:

SCHNITZEL:

Das Kalbfleisch zu vier Schnitzeln ca. 1,5 cm dick, ca. 220 g schwer schneiden. (Das Fleisch quer zur Fleischfaser schneiden). Das Schnitzel mit Klarsichtfolie abdecken und gleichmäßig mit einem Fleischklopfer aus Metall dünn klopfen.

Das Mehl in eine große Form geben und das Schnitzel mehrmals darin wenden. In einer weiteren Form die Eier verrühren, mit Salz und Pfeffer abschmecken und das mehlierte Schnitzel durchs Ei ziehen. In einer dritten Form das Paniermehl geben und das Schnitzel mehrmals darin wenden. Das panierte Schnitzel wieder mit der Folie abdecken und nochmals klopfen, bis es dünn ist (ca. 5 mm), wenn notwendig nochmals mit Paniermehl bestreuen.

In einer großen Pfanne einen Teil des Butterschmalzes und das Öl erhitzen, das Schnitzel an jeder Seite ca. 2 bis 3 Minuten braten lassen. Während des Bratens das Schnitzel mit heißem Fett aus der Pfanne übergießen.

Das fertige Schnitzel auf einem Küchenpapier von beiden Seiten abtropfen lassen. Wegen der Größe müssen die Schnitzel einzeln gebraten werden. Die bereits gebratenen Schnitzel kann man im vorgewärmten Ofen bei 80°C aufbewahren, bis das letzte gebraten ist.

BRATKARTOFFELN:

Gekochte Kartoffeln pellen und in Scheiben schneiden. Zwiebeln in Würfel schneiden. Butterschmalz in einer großen Pfanne erhitzen und die Kartoffeln bei mittlerer Hitze ca. 8 Minuten braten lassen, erst dann wenden. Die Zwiebeln und den gewürfelten Speck dazugeben und braten lassen. Mit Salz, frischem Pfeffer und Kräuter der Provence abschmecken.

Mehrmals wenden und mit etwas gehackter Petersilie bestreuen.

Mit Salz und Pfeffer abschmecken.

ANRICHTEN:

Das Püree in die Mitte des Tellers plazieren, die Kalbsleber ringsum anlegen, die Rotweinschalotten über das Püree geben und die Leber mit der Sauce beträufeln.

WEINEMPFEHLUNG:

Sedera IGT / Donna Fugata / Sizilien (ca. 8 Euro)
oder
Rosso di Montalcino D.O.C. / Val di Suga / Toscana (ca. 14 Euro)

Kalbsleber auf Schwarzwurzelpüree

mit Honig-Balsamico-Sauce und Rotweinschalotten

❀

ZUTATEN:

KALBSLEBER & PÜREE:

800 G PARIERTE KALBSLEBER
800 G GEKOCHTE KARTOFFELN
200 G GESCHÄLTE SCHWARZWURZEL
200 ML SAHNE
80 G BUTTER
20 G GESCHLAGENE SAHNE
MUSKATNUSS
SALZ, FRISCH GEMAHLENER PFEFFER

SAUCE & SCHALOTTEN:

300 ML BRAUNE GRUNDSAUCE
60 ML BALSAMICO-ESSIG (DUNKEL)
2 EL HONIG
4 SCHALOTTEN
150 ML ROTWEIN

❀

ZUBEREITUNG:

SCHWARZWURZELPÜREE:

Die Kartoffeln durch die Kartoffelpresse drücken, Schwarzwurzeln mit Rinderbrühe bedecken, gar kochen und mit dem Mixer pürieren. Die flüssige Sahne kurz aufkochen, mit den Kartoffeln und den pürierten Schwarzwurzeln vermengen. Die Butter in Flocken mit der geschlagenen Sahne unterziehen, mit Salz, Pfeffer und geriebener Muskatnuss abschmecken.

HONIG-BALSAMICO-SAUCE:

Den Balsamico mit dem Honig vermengen, kurz aufkochen und mit Grundsauce auffüllen.
Ca. 5 Minuten kochen lassen.

ROTWEINSCHALOTTEN:

Schalotten würfeln, im Topf mit Rotwein bedecken und kochen lassen, bis der Rotwein fast völlig einreduziert ist.

KALBSLEBER:

Die Kalbsleber in dünne Scheiben schneiden, mit Salz und Pfeffer abschmecken, mehlieren und in Butter von beiden Seiten goldbraun braten.

Volga calling

WEIHNACHTSZEIT IST STRESSZEIT. WAS IM LAUFE DES JAHRES AN UMSATZ VERLOREN GEGANGEN IST, WIRD IN REKORDZEIT NACHGEHOLT. „SÜSSER DIE GLOCKEN NICHT KLINGEN."

Die Tische werden im Zweistundentakt besetzt, keine Minute Ruhe.

Wie ein Regisseur steht der Patrone an der Tür, um die ankommende Gästeschar an ihre Tische zu weisen. Küsschen hier, Späßchen da, alles läuft bestens.

Am Fenster ist eine Tafel für zehn Personen gedeckt, reserviert von einer bekannten Firma aus der Nachbarschaft. Da sie erst in einer Stunde erwartet werden, sitzen andere als Lückenbüßer am Tisch; drei Wiener Schnitzel, dreimal Blutwurst, achtzehn Pils und ein paar Schnäpse; gar nicht schlecht für eine Stunde Leerlauf.

Mitten im Geschehen klingelt das Telefon. Der Gast, der für zehn Personen reserviert hatte, meldet sich vom Flughafen Düsseldorf. Er und sein Kompagnon werden sich verspäten, aber ihre ausländischen Geschäftspartner würden eine halbe Stunde früher als geplant eintreffen.

„Kümmern Sie sich bitte um die Gäste", meint er am Telefon, „Russische Geschäftsleute, sehen etwas unkonventionell aus, sprechen weder Deutsch noch Englisch. Na ja, Sie schaffen das schon."

Von wegen alles läuft bestens! Das Restaurant ist voll besetzt, es gibt nicht einmal Platz an der Theke. Wo soll er mit acht Personen hin? Die Gäste am Fenster haben gerade das Essen serviert bekommen, es wird sicherlich eine halbe Stunde dauern bis sie fort sind. Am Stehtisch neben der Theke – zum Glück zwei Stammgäste bei ihrem Weizenbier. Für die Bereitschaft, aufzustehen und im Gang neben der Toilette im Stehen weiterzutrinken, gibt es Grappa gratis.

Im nächsten Augenblick geht die Restauranttür auf; die Russen betreten den Raum. Ein buntes Farbenspiel und ein an Lautstärke alles übertreffendes Palaver schwappt ins Lokal.

Wie die Flut erobern sie den Gastraum, schieben freie Stühle an bereits besetzten Tischen hin und her, unterhalten sich über die Köpfe der anderen Gäste hinweg, klatschen in die Hände und auf ihre dicken Mäntel, um sie vom Schnee zu befreien.

Einige verängstigte Restaurantbesucher tippen auf Raubüberfall mit Geiselnahme, die anderen schauen dem wirbelnden Szenario belustigt zu. Der Wirt, zum Glück informiert, hätte andernfalls vielleicht selbst Angst

bekommen. Vorsichtig spricht er den autoritärsten der farbenfrohen Gruppe an, während Astrid, die Kellnerin, die anderen in Richtung Theke zu treiben versucht. Sie sind trotz ihrer Lautstärke friedlich gestimmt und guten Mutes.

⚭

Einige Minuten später ist die Lage wieder unter Kontrolle. Die anderen Gäste akzeptieren das Schauspiel, als Zeichen ihrer multikulturellen Gesinnung.

Der für höchstens vier Personen Platz bietende Stehtisch neben der Theke ist inzwischen restlos umlagert. Um mehr Platz am Tisch zu schaffen, nimmt der Barkeeper den Kerzenleuchter und die Blumenvase weg. Eine Terrakottaschale, dekoriert mit in Duftöl getränkten Orangen- und Zitronenscheiben schiebt er zur Seite. Die Russen fühlen sich wohl und stimmen volltönend ein orthodoxes Weihnachtslied an. Auf gut Glück serviert der Wirt acht große Biere, die mit Begeisterung im Nu ausgetrunken werden, während die nächsten schon unterwegs schäumen.

Der Tisch am Fenster ist pünktlich wieder frei. Die Regenbogengruppe kann jetzt den Stehtisch mit der für sie gedeckten Tafel tauschen. Sie sind bei der vierten Bierrunde und der zweiten Flasche Wodka, Tendenz steigend. In ausgelassener Stimmung empfangen sie kurz darauf die beiden verspäteten Geschäftsleute, die den Tisch reserviert haben. Nach einigen raumgreifenden Umarmungen werden sie zum Singen und Trinken aufgefordert, die Chancen auf einen guten Geschäftsabschluss stehen bestens.

Der Wirt, glücklich darüber, die Gruppe aus seiner Obhut entlassen zu dürfen, kehrt zur Theke zurück und bestellt ein Bier für sich. Den Kerzenleuchter und die Blumenvase hat der Barkeeper inzwischen wieder an ihren Platz gestellt, doch die Schale mit den aromatisierten Früchten ist nicht mehr da. Nur der weißgraue Rand auf dem gewachsten Holztisch zeugt von ihrer früheren Existenz.

„Wo ist die Schale mit der Dekoration?", fragt der Wirt nach einem ordentlichen Schluck.

„In der Spülmaschine."

„Und die Früchte?"

„Die haben die Russen aufgegessen", meldet der Barkeeper, während er mit unbeteiligter Miene ein Weinglas poliert.

Der Wirt braucht einen kurzen Augenblick, um sich zu fangen: „Sie machen wohl Witze. Die Obstscheiben waren steinhart, verstaubt und durch die Duftöle aus den letzten drei Jahren vergiftet?"

„Kein Witz Chef, ehrlich, nicht ein Stückchen haben sie übrig gelassen, und es hat ihnen anscheinend geschmeckt."

Astrid steht mit einem vollen Tablett neben der Theke und schaut sie an: „Die beiden Gäste, die sie eingeladen haben, sind von der Atommüllentsorgungsfirma aus der Nachbarschaft. Vermutlich sind die Russen in der gleichen Branche, Entsorgung ist ihr Tagesbrot."

„Zu Hause werden sie bestimmt über die außergewöhnlichen Essgewohnheiten in Deutschland berichten", lacht der Wirt.

„Wenn sie die Nacht überleben", meint der Barkeeper, ohne mit der Wimper zu zucken.

Zwei Welten

„**K**OMM OTTO, LASS DEN DOKTOR IN RUHE ESSEN ..., UND REDE NICHT MIT VOLLEM MUND!"

„Kusch, du Ziege!", unterbricht der Angesprochene seine Frau und kaut weiter: „Tschuldigung!", wendet er sich jetzt dem Herrn am Tisch gegenüber zu, „also mein Magen, diese Blähungen und das Sodbrennen..." Der Doktor und seine Frau haben vom Essen noch nichts angerührt. Sie hören dem fressenden Hypochonder zu, während dessen Frau mit beleidigter Miene die Baustelle vor dem Restaurant betrachtet. Ein Bagger versperrt den Blick zum Polizeipräsidium. Abwesend flüstert sie den Namen der Firma, der auf dem Fahrzeug deutlich zu lesen ist: „Zerres".

„Und mein Blutdruck ist zu hoch..." Mit seiner Gabel fuchtelt Otto in der Luft herum. Das Taschentuch, das er um den Hals gebunden hat, kann den dicken Knoten der kurz gebundenen Krawatte nicht vor Fettflecken schützen. Der Zahnstocher in seiner Rechten befreit die Zahnlücken, die Gabel in seiner Linken füllt den Mund mit Material. Rechts neben dem Teller klingelt sein Handy (die „Fünfte" von Beethoven). Er schaut auf das Display. „Unwichtig", und schaltet es wieder aus.

Der Immobilienmakler, der den Verkauf des Arzt-hauses an Otto in die Wege geleitet und diese beiden Welten zusammen gebracht hat, versucht, Ottos Einzeldiskussion zu unterbrechen: „Ihre Nachbarn haben keine Kinder, nur einen Deutschen Schäferhund", dann schaut er den Arzt an. „Er ist ja gut erzogen, nicht wahr?" Der Doktor und seine Frau nicken, froh, das Haus endlich verkauft zu haben.

„Mir egal, Pudel oder Schäferhund..., bloß keine Kinder." Ottos Ellbogen sind auf den Tisch gestützt, sein Kopf über den Teller gesenkt. Seine Frau, die „Zerres" inzwischen auswendig gelernt hat, sieht ihn an, als ob sie auf Erlaubnis wartet, wieder atmen zu dürfen. Sie sitzt steif und bemüht hoheitsvoll, ihr Rücken berührt kaum die Stuhllehne, die Beleidigung hat sie wieder mal verdrängt. Sie trinkt aus ihrem Glas, ohne zu merken, dass es leer ist und richtet ihren Blick auf die Kette aus weißen Perlen, die die Gattin des Arztes über dem hochgeschlossenen, marineblauen Kleid trägt. Es ist ihr entgangen, dass ihr Mann vom Blumenverkäufer, der gerade am Tisch war, alle Rosen aufgekauft hat, nachdem er den Preis um die Hälfte reduziert hatte. Erst als er der Frau des Doktors den dicken Strauß überreicht, wacht sie aus ihren neidvollen Gedanken auf.

Der Patrone steht in der Nähe und beobachtet. Die

Baustelle vor der Tür ist zum Glück im Eiltempo fertig geworden, noch in der kommenden Nacht wird alles abgeräumt. Das Restaurant ist trotzdem gut besucht. Er lauscht den vertrauten Geräuschen der Stimmen und des klappernden Geschirrs, als plötzlich das Arbeiten erliegt, eine ungewohnte Stille, als hätte man den Stecker gezogen, den Raum erfüllt.

Ein hochgewachsener Mann steht an der Tür, vielleicht zwei Meter groß. Langes, glattes, braunes Haar, breite Leinenhose, abgetragene Kordjacke, leicht hängende Schultern. Er trägt weder Schuhe noch Strümpfe, die Füße sind schmutzig vom Straßenstaub und doch wirkt er irgendwie gepflegt, umhüllt von unheimlich wildem Charme.

Langsam, ohne der geringsten Spur von Dringlichkeit, schaut er sich um, dann geht er zum Klavier. Aus einer Schale mit Streichhölzern, die auf dem Resonanzkasten steht, nimmt er eine Schachtel und schaut sich nochmals um. Das Gesicht: ein Netzwerk von tiefen Falten, lange römische Nase, tief liegende, weit geöffnete Augen, glitzernde Pupillen. Sein Blick fliegt in wahnsinniger Gleichgültigkeit von Gast zu Gast. Es ist früh am Abend und die Kerzen auf den Tischen sind noch nicht angezündet. Mit seinen nikotingelben Fingerkuppen fasst er ein Streichholz, streicht es an und entzündet damit die Kerze auf dem Tisch, vor dem er steht. Dann geht er weiter von Tisch zu Tisch, jeder seiner Bewegungen ein rituelles Gewicht verleihend. Mitten im Raum verharrt er und betrachtet die Innenfläche seiner Hände.

Der Wirt steht wie angewurzelt und weiß nicht, was er von der Erscheinung halten soll. Er bemüht sich um eine unbekümmerte Haltung, doch wie alle anderen, sieht er fasziniert hin, mit undefinierbarer Mischung von Angst und Neugier. Der Seltsame tritt näher, mustert den Wirt von oben herab, dann setzt er mit verhaltener Ironie sein Tun fort.

An Ottos Tisch nimmt er ein Teelicht in die Hand

und schürzt die Lippen, als ob er über die Zerbrechlichkeit des Glases nachdächte. In einem kurzen Augenblick sieht es so aus, als ob er das Glas auf die Gäste schleudern will. Otto, der immer noch kaut, bleibt der Bissen im Halse stecken, Schweiß rinnt ihm über den Nasenrücken, sein Gesicht verzerrt sich vor Angst. Alle Blicke richten sich auf das Glas. Doch, anscheinend erfreut über die Form des Glases, zündet der geheimnisvolle Mensch das Teelicht an, stellt es behutsam auf den Tisch zurück und geht. Otto schneuzt sich die Nase, bis ins Mark erschüttert.

Endlich schreitet die Erscheinung mit einer unheimlichen Seelenruhe, so wunderbar seinem Wahnsinn

oder irgendeiner zerstörenden Weisheit verfallen, zum Ausgang und entschwindet.

Sein Abgang löst eine Reihe fieberhafter Gespräche im Raum aus.

„Der Typ hat einen synkopischen Knall!", Otto gibt sich intellektuell.

„Du meinst einen synapsischen Knall!", verbessert

ihn seine Frau und wird mit Nichtachtung bestraft.

„Ein höchst suizidgefährdeter Mensch", meint die Dame am Nebentisch.

„Bei Gott, er sitzt auf dem Bagger!", ruft ein anderer Gast erschrocken. Alle Blicke wenden sich zum Bagger, doch sie können, geblendet von der untergehenden Sonne, nichts sehen. Eine Dame, die impulsiv aufsteht, stößt gegen die Kellnerin, die mit sechs vollen Proseccogläsern an Ottos Tisch steht. Das Tablett wackelt, das Gleichgewicht der Kellnerin ist dahin. Der Wirt sieht das Desaster kommen und ist Otto, der die Sauce der Taubenbrust in sich hineinschlürft, einen Augenblick voraus. Gläser klirren, Otto badet in Prosecco, alle Blicke wenden sich wie bei einem Tennismatch wieder in Ottos Richtung.

Mit einer Fülle scharf umrissener, leuchtender Punkte sprenkeln die letzten Sonnenstrahlen den Raum. Ein Regenbogen spannt sich über die Stadt, der Bagger bewegt sich tatsächlich, eine haarsträubende Szene... Während die Sonne hinter den Häusern verschwindet, entschwindet auch die Gefahr wie eine Sinnestäuschung. Auf dem Bagger sitzt ein Bauarbeiter und steuert das Gerät auf den LKW, der am Parkplatz vor dem Restaurant wartet.

Weit hinten, im Schatten der Bäume, verschwindet der seltsame Besucher langsam aus dem Blickfeld.

„Hö ma, Chef, diese Taubenkombo war was für 'n hohl'n Zahn!", nörgelt der sektgebadete Otto, nun wieder in seinem Element. Dem Patrone fällt dazu nichts anderes ein als: „Das war eine besonders seltene Spezies aus Asien, eine Bonsaizuchttaube."

ANRICHTEN:

Die violetten Kartoffeln auf der Mitte des Tellers anrichten. Je zwei badierte Taubenbrüste auf die Kartoffeln legen und mit der Sherrysauce beträufeln. Ggf. mit geschmortem Gemüse servieren.

WEINEMPFEHLUNG:

Peperino rosso di Toscana IGT / Teruzzi & Puthod / Toscana (ca. 9 Euro)
oder
Chianti Clasico Riserva D.O.C.G. / Melini / Toscana (ca. 14 Euro)

76

Badierte Taubenbrust
auf violetten Kartoffeln mit Sherrysauce

ZUTATEN:
4 GANZE TAUBEN
800 G VIOLETTE KARTOFFELN (TRUFFE DE CHINE)
1 BUND LAUCHZWIEBELN / 150 G MÖHREN / 150 G SELLERIE
1 GROSSE ZWIEBEL
250 ML GEMÜSEBRÜHE
100 ML SHERRY
2 LORBEERBLÄTTER
1 EL WACHOLDERBEEREN
100 G BUTTER
MEHL / OLIVENÖL
8 SCHEIBEN PARMASCHINKEN (ETWAS DICKER GESCHNITTEN)
SALZ, FRISCH GEMAHLENER PFEFFER

ZUBEREITUNG:
Die Tauben säubern, die Brüste auslösen und aufbewahren, die übrigen Knochen in einer Kasserolle mit Sellerie, Möhren, Zwiebeln, Lorbeerblättern und Lauch (erst etwas später) anbraten. Die Brühe auffüllen, Sherry und Wacholderbeeren dazugeben und einige Minuten bei starker Hitze garen. Die Temperatur reduzieren, noch etwa 10 Minuten kochen lassen. Den Inhalt durch einen Sieb passieren, die passierte Sauce aufkochen lassen und mit Beurre manié (Mehlbutter) abbinden. Mit Salz und Pfeffer abschmecken.
Die violetten Kartoffeln im Salzwasser gar kochen (ca. 5 Minuten), im kalten Wasser abschrecken. Die abgekühlten Kartoffeln in Scheiben schneiden und von beiden Seiten im Olivenöl kurz anbraten. Mit Salz und Pfeffer abschmecken.
Die Taubenbrüste mit Salz und Pfeffer würzen, in die Schinkenscheiben wickeln und von beiden Seiten (zuerst die Hautseite) anbraten. Den Ofen auf 120°C vorheizen, die Taubenbrüste mit der Haut nach oben für ca. 10 Minuten garen lassen.

ANRICHTEN:
Die frittierten Kartoffeltaschen auf den Teller neben einem Salatbouquet legen
und mit der süßen Chilisauce servieren.

WEINEMPFEHLUNG:
Lugana San Benedetto D.O.C. / Zenato / Venetien (ca. 8 Euro)
oder
Rosato Terre lontane / Librandi / Kalabrien (ca. 8 Euro)

Indische Kartoffeltaschen

ZUTATEN:

300 G KARTOFFELN

8 SCHEIBEN TOASTBROT

1 ZWIEBEL

1 KNOBLAUCHZEHE

PAPRIKAPULVER

CURRYPULVER

INGWER

KORIANDER

SÜSSE CHILISAUCE

ÖL ZUM FRITTIEREN

SALZ, FRISCH GEMAHLENER PFEFFER

ZUBEREITUNG:

Die Kartoffeln 20 Minuten kochen lassen, stampfen und mit gehackten Zwiebeln, Curry, Paprikapulver, Knoblauch, gemahlenem Ingwer, Koriander, Salz und Pfeffer vermischen. In die im Wasser aufgeweichten Toastscheiben den Kartoffelteig geben und in kleine Taschen formen. Die Taschen im Mehl wenden und im Pflanzenöl frittieren.

Die Suppe in einen Pastateller geben, den Rand mit Mangospalten garnieren,
evtl. ein Paar Tröpfchen Sahne in die Mitte spritzen
und darüber eine Stange gebratenes Zitronengras legen.

Mango-Kokos-Suppe
mit Zitronengras

ZUTATEN:

800 ML KOKOSMILCH

400 ML GEMÜSEBRÜHE

300 ML MANGOPÜREE

20 G GESCHÄLTER INGWER

40 G SCHALOTTEN

100 ML PFLANZENÖL

1 STANGE ZITRONENGRAS

1 MANGO

½ CHILISCHOTE (KLEIN, OHNE KERNE)

SALZ UND FRISCH GEMAHLENER PFEFFER

ZUBEREITUNG:

Zitronengras von den äußeren Blättern befreien und in hauchdünne Scheiben schneiden. Ingwer und Schalotten in Würfel schneiden, die Chillischote ebenfalls in dünne Scheiben schneiden und alles zusammen im Öl anschwitzen. Mit Kokosmilch und Gemüsebrühe auffüllen, mit Salz und Pfeffer abschmecken und ca. 10 Minuten auf schwacher Hitze kochen lassen. Die Flüssigkeit durch ein Sieb passieren, mit dem Mangopüree auffüllen und umrühren.

Schlechter Traum

DIE MIT WEISSEN TISCHDECKEN GE-
DECKTE TAFEL, VON DER FRAU DES
WIRTES LIEBEVOLL DEKORIERT, ER-
INNERT JETZT AN EINE RITTERTAFEL AUS DEM
MITTELALTER. DIE FEIERNDE SCHAR WÜSTLINGE
SIND ABITURIENTEN, DIE JETZT SCHON AUSSEHEN,
ALS HÄTTEN SIE DIE DURCHGEZECHTE NACHT BE-
REITS HINTER SICH. IHRE KONVERSATION IST AUF
UNDEFINIERBARE, SICH STETS WIEDERHOLENDE
LAUTE REDUZIERT. DIE WENIGEN GÄSTE, DIE DEM
GEBRÜLL ZUM TROTZ IM RESTAURANT GEBLIEBEN
SIND, SCHAFFEN ES MIT ALKOHOL UND EIGENER
LAUTSTÄRKE, DIE ABITURIENTEN ZU ÜBERTREF-
FEN. EIN ABEND, DEN SICH JEDER GASTRONOM
SEHNLICHST WÜNSCHT.

Der Patrone trinkt sein Bier und betrachtet das Szenario, als wäre er nicht wirklich dabei. Er erinnert sich an seine Abiturzeit, an sich und seine Kollegen, arrogant wie nur Dummköpfe sein können, doch auch das gehörte zum Erwachsenwerden dazu. Wie auch immer, es erwartet ihn wohl eine lange Nacht.

Am Stammtisch sitzt eine Dame mit blauer Strähne im Haar, zwei Turnschuhen in unterschiedlichen Farben und etlichen anderen exotischen Merkmalen. Neben ihr ein Glas, voll mit Eiswürfeln, getunkt in ein we- nig Verdichio Classico. Sie nippt am Weißwein und unterhält sich mit ihrem Mann, der mit dem Bierglas in der Hand neben ihr steht. Ihr liebevolles Miteinander ist eine Ruheoase in allgemeinem Durcheinander.

Die Abiturienten sind gerade dabei, die Tische zu schieben, um Platz für eine Tanzfläche zu schaffen. Der Wirt, der nach seinem dritten Bierglas angenehm zu schwimmen beginnt, stellt die Musik lauter. „Marmor, Stein und Eisen…" Alle singen mit, die restlichen Gä- ste tanzen mit den Scholaren, sie trinken Brüderschaft, versprechen ewige Freundschaft. Für die Dame mit der blauen Strähne und für ihren Mann wird es zu laut, sie zahlen und verlassen Hand in Hand das Restaurant.

Etliche Stunden später ist die Party vorbei. Ein paar Jungs vegetieren auf der Bank, der Rest rotiert zwischen Toilette und frischer Luft. Die bestellten Taxen kommen eins nach dem anderen und plötzlich ist der Laden leer. Kaputte Gläser, zerquetschte Zigarettenpackungen, Weinpfützen auf dem Boden… Das Bild erinnert den Wirt an das Ende eines Konzertes in seinen Musiker- zeiten. Selbst etwas beschwipst räumt er die Theke auf, macht die Abrechnung und lauscht der Musik: van Mo- risson, „Someone like you". Das Aufräumen überlässt er der Frühschicht, den obligatorischen Rundgang durch die Toiletten und den Keller lässt er heute ausnahmsweise ausfallen. Er hört das Lied zu Ende, packt seine Sachen in die Tasche, nur noch abschließen, ab ins Taxi und nach Hause, doch... , wo ist der Schlüssel?

Vergeblich durchsucht er seine Taschen, der Schlüssel ist verschwunden. Er versucht den Abend zu rekonstruieren. Zuletzt hatte er ihn am Stammtisch abgelegt. Die einzige Möglichkeit ist, dass ihn die Dame mit der blauen Strähne versehentlich mitgenommen hat. „Verdammt!" Er schaut auf die Uhr, es ist schon nach vier in der Früh, jetzt kann er nicht mehr anrufen. Der Ersatzschlüssel ist bei ihm zu Hause. Seine Frau schläft bereits tief, es bleibt ihm nichts anderes übrig, als im Restaurant zu schlafen. Nachdem in der letzten Woche beim benachbarten Friseur zweimal eingebrochen wurde, wird die Nacht im nicht abgeschlossenen

Restaurant kein Vergnügen, doch es geht nicht anders.

Die Eingangstür lässt sich von innen provisorisch mit einem Keil sichern. Für die Kellertür hat er keinen Keil, also füllt er einen Metalleimer mit Wasser und stellt ihn vor die Tür. Wenn jemand die Tür öffnen würde, müsste er den Eimer umwerfen. Es ist für einen Einbrecher kein großes Hindernis, aber die Lautstärke würde ihn wecken. Die Tischdecken von der großen Tafel sind voller Fett- und Rotweinflecken... Na ja, für heute Nacht werden sie als Bettzeug genügen. Die Bank ist nicht breit, doch diesmal hat seine Körpergröße Vorteile, denkt sich der Wirt. Er muss noch zur Toilette. Nach dem regen Verkehr der Abiturienten entscheidet er sich lieber für das Damen WC.

Es ist still am Haumannplatz. Neben der Telefonzelle gegenüber rostet schon seit Wochen ein Fahrrad vor sich hin. Die Ampel an der Kreuzung wechselt ihre Farben, der Mond, nur noch eine dünne Sichel am Himmel, treibt über dem Gerichtsgebäude dahin. Im Raum ist es gemütlich warm, das Flackern der Kerze leckt an den rußgeschwärzten Stellen an der Wand. Auf der Holzbank lie-

gend versucht er, die Gedanken an Einbrecher abzuwenden. Auf dem Tisch neben ihm liegt ein XXL Küchenmesser und ein überdimensionaler Kochlöffel aus Holz, den er vor Zeiten von einem Gast geschenkt bekommen hat. Es wird schon nichts passieren.

Ohne den Blick von der Großstadtromantik abzuwenden, lauscht er, den eigenen Gedanken nachgehend, dem Gesang van Morissons. Eingeschlossen in diese Laute schläft er ein.

❧

Er weiß nicht mehr was er geträumt hat, als plötzlich der Fußboden erzittert. Die Lautstärke von zwanzig rollenden Metalleimern reißt ihn aus dem Schlaf. Ein kalter Druck umschlingt sein Herz, sein Magen klebt, ein pelziges Gefühl überzieht die Zunge. Den ersten Gedanken folgend wirft er sich auf den Boden, um sich unter der Bank zu verstecken, doch schon im nächsten Augenblick rafft er sich zusammen, schnappt den zwei Meter großen Kochlöffel in die Rechte und das Fleischmesser in die linke Hand, bereit sich seinem Schicksal zu stellen. Die Sekunden krabbeln wie Schnecken auf der plötzlichen Stille, die ihm auf dem Magen schlägt. Um sich nicht länger fürchten zu müssen, will er die Begegnung mit der Gefahr beschleunigen und stürzt in den Keller, aus dem die Geräusche zu kommen schienen. Laut schreiend macht er das Licht an, doch der Eimer mit Wasser steht unberührt an seiner Stelle. Vorsichtig schleicht er sich in den zweiten Kellerraum, als das Krachen der Eiswürfel, die in den Eiswürfelbereiter hinein fallen, erneut die Stille unterbricht. Ein Gefühl der Erleichterung überströmt ihn: „Es sind bloß die Eiswür-

fel...“ Mit zitternden Beinen geht er zurück zur Theke. Einen doppelten Grappa könnte er vertragen, doch der Alkohol muss warten, denn seine Blase ist voll. Bereit sich zu erleichtern, stürzt er in die Herrentoilette. Von allen Gedanken gelöst öffnet er die Tür zum WC, zieht am Schlitz seiner Hose...

... Er will laut schreien, kriegt aber keinen Ton heraus. Wie eine erfrorene Statue bleibt er stehen. Vor ihm, auf der Toilettenschüssel sitzt ein Zombie und schläft. Zerwühltes Haar, verquollenes Gesicht, die Zunge hängt leicht aus dem Mund, der Rotz aus der Nase. Schuhe ausgezogen, weiße Wollsocken mit rot-blauen Streifen, heruntergezogene Hose, gespreizte nackte Beine... Ein Alptraum.

Nach einer Zeit der Panik und stummen Erstaunens, die nicht aufhören wollte, kann der Wirt den Toilettengeist als einen der Abiturienten identifizieren. Seine überschäumende Blase ignorierend, versucht er, den Raum im Rückwärtsgang auf Zehenspitzen zu verlassen. Vergeblich...

„Wo bin ich... wie spät ist es?“, lallt der Zombie plötzlich mit leicht belegter Zunge. Als könnte nichts auf der Welt natürlicher sein, grinst er den Wirt an. Seine dunklen Pupillen schimmern wässrig, sein Alkoholpegel ist deutlich über seinem Verstand: „Ich muss pinkeln, wo ist das Klo?“

Der Wirt quält sich ein Lächeln ab: „Nur keinen Zwang, Sie sitzen drauf.“ Behutsam schließt er die Toilettentür, und läuft wie ferngesteuert zur Theke, um mit einem vierfachen Grappa die bizarre Episode zu begießen.

Ein Esel im „Sternenhimmel"

STRAHLENDE FRÜHLINGSSONNE KRÖNT DIE ERFOLGSSTIMMUNG DES ZUKÜNFTIGEN GROSSGASTRONOMEN. ANGEFANGEN MIT EINEM KLEINEN STEHCAFÉ GEGENÜBER DEM LANDGERICHT BAUT ER NUN EIN RESTAURANTIMPERIUM AUF. SEIN ZWEITES GASTRONOMIEPROJEKT AM HAUMANNPLATZ WIRD EIN SCHMUCKSTÜCK DER DEUTSCHEN GOURMET-LANDSCHAFT WERDEN. ER SIEHT SICH SCHON AUF DEN TITELSEITEN DER ZEITSCHRIFTEN UND IN FERNSEHAUFTRITTEN AN DER SEITE VON SCHUBECK, WITZIGMANN, KÄFER UND ANDEREN GLEICHGESINNTEN.

„Vor einem Jahr waren mir all diese Namen noch unbekannt und uninteressant." Seine Gedanken schweifen, sein Blick ist in die Ferne gerichtet, sein Fiat Panda fährt bei Rot über die Kreuzung Alfredstraße-Bismarckstraße.

„Mist...! Na ja, macht nichts." Souveränes Auftreten, die Krawatte sitzt, die Ray Ban hängt lässig auf der Nase, das Gesicht ist frisch rasiert. „So sieht ein Erfolgsmensch aus", lächelt er seinem Abbild im Innenspiegel zu und gibt Gas. „So ein Tag so wunderschön wie heute..."

Der Polizist auf dem Motorrad neben ihm lächelt auch und gibt ihm mit der Hand ein Zeichen anzuhalten. Da sie bereits am Haumannplatz angekommen sind, bietet sich den Gästen, die an den Tischen auf der Terrasse vor dem Café sitzen, ein interessantes Schauspiel.

„Der Wirt wird heute sogar von einer Polizeieskorte begleitet", lachen zwei bekannte Gesichter.

Die 80,– DM Bußgeld werden als gutes Omen kommentiert. Der Wirt spendiert eine Runde und atmet tief ein.

Noch heute morgen, als er zum Einkaufen gefahren war, glich das neue Restaurant einer Baustelle. Sechs Kellner, vier Köche, mehrere Küchenhilfen, seine Frau und ein paar Freunde haben den ganzen Tag geputzt, geräumt und dekoriert. Jetzt, eine Stunde vor der Eröffnung, sollte es soweit fertig sein.

Der Raum riecht nach frischer Farbe. Die Musikanlage, heute Mittag installiert, liefert Chris Rea „On the beach". Auf den mit weißem Damast festlich gedeckten, mit Rosenblättern und Goldglimmer garnierten Tischen bereitet ihm die Parade der verschiedenen Gläser und Silberbestecke Angst und Unbehagen.

„Ich habe keine Ahnung, wie jedes einzelne Teil zu verwenden ist", meint er stirnrunzelnd und gibt seiner Frau, die dabei ist, den Tischen den letzten Schliff zu geben, einen flüchtigen Kuss.

„Aber er hat alles im Griff." Sie zeigt auf den Re-

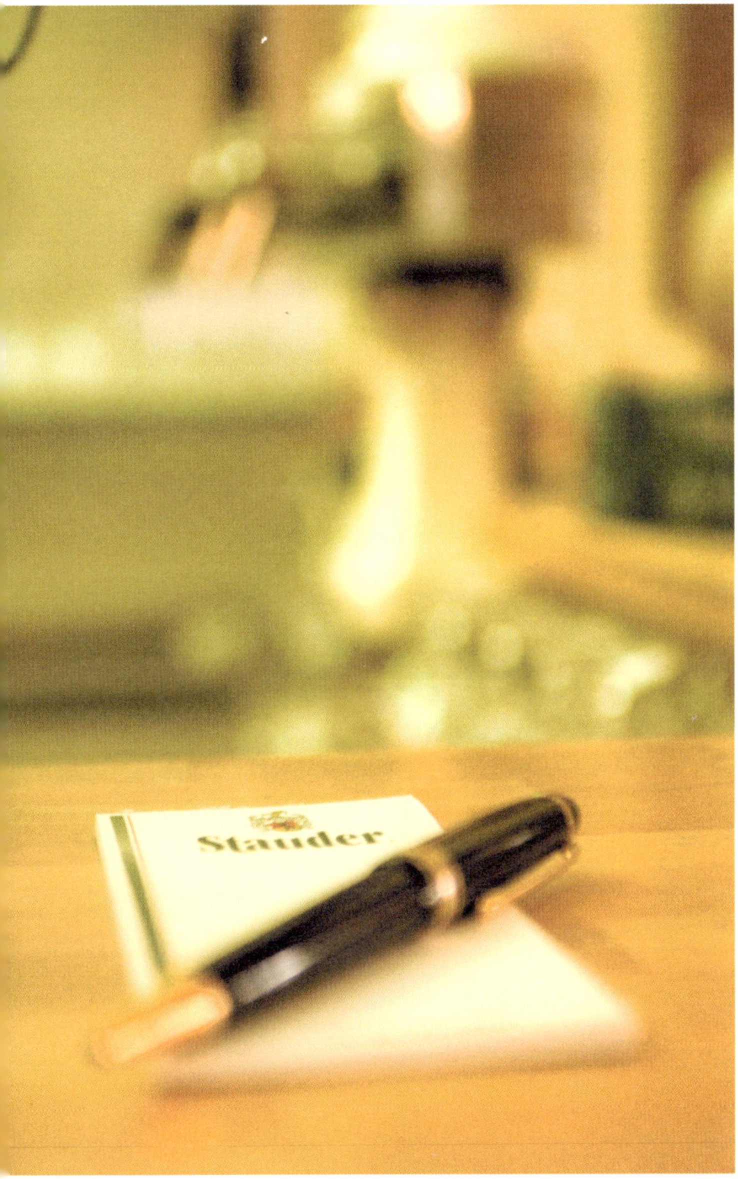
Stauder
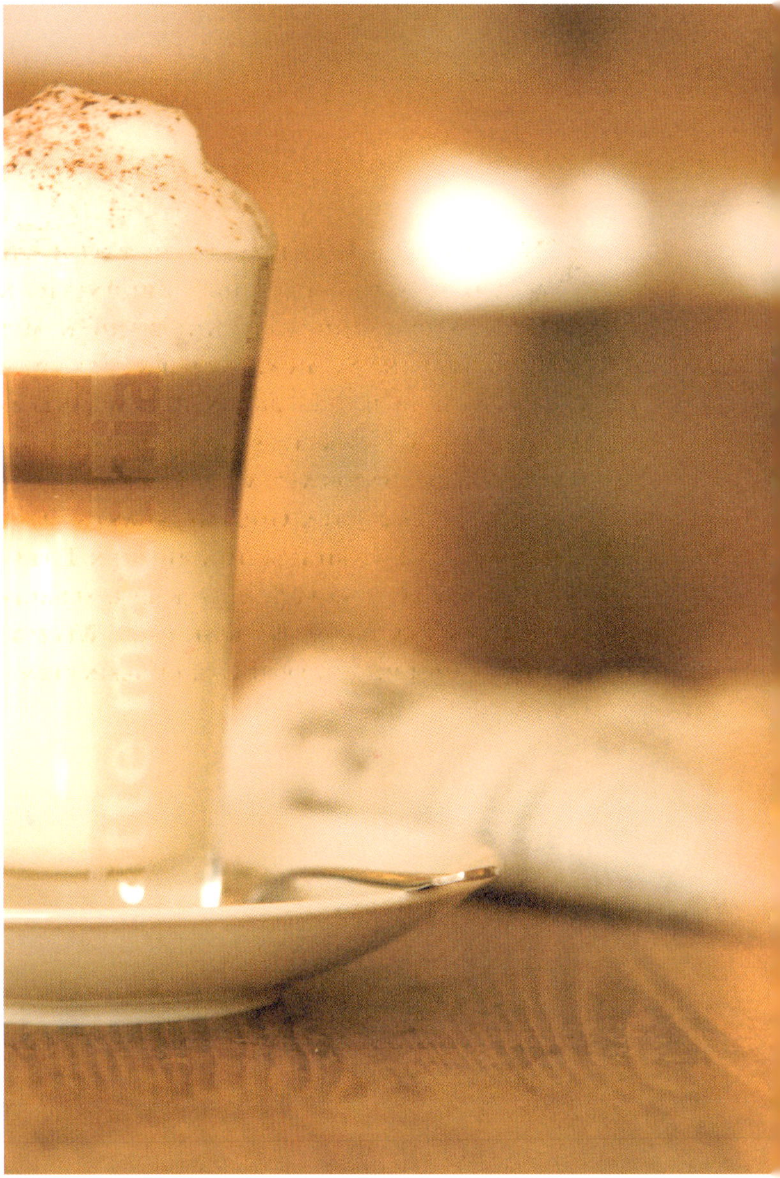

staurantleiter, der in diesem Moment auf sie zukommt. Pinguinartiger Gang, schwarzer Frack, weißes Hemd mit gestärktem Kragen, schwarze Fliege, blank polierte Lackschuhe, die Haare kurz rasiert wie bei einem Feldwebel der Infanterie.

Der Pinguin, der das Kompliment mitbekommen hat, zeigt mit Stolz die von ihm und vom Chefkoch entworfene Speisenkarte.

„Sieht aus wie das Telefonbuch von Paris", schmunzelt der Wirt, von so viel Französisch beeindruckt. Der Restaurantleiter blinzelt ihn gekünstelt an, versucht etwas Bedeutendes zu sagen, aber der Wirt hört nicht zu. Er steht kurz vor dem vorläufigen Gipfel seines Erfolges. Das Restaurant ist wirklich schön und all das gehört ihm? Na ja, die Kaffeemaschine gehört ihm, der Rest gehört der Bank, doch die Zukunft liegt fest in seiner Hand. Voller Tatendrang fiebert er darauf, sich ins Geschehen zu stürzen.

Auch in der Küche herrscht reges Treiben unter strengem Regiment des Chefkochs. Acht handverlesene Mitarbeiter, die sich kaum kennen und heute zum ersten Mal zusammenarbeiten, hantieren Hand in Hand.

Jeder ist auf seinem Posten, jeder scheint genau zu wissen, was zu tun ist. Beeindruckend!

„Wie geht diese?", fragt eine Küchenhilfe im gebrochenen Deutsch und meint den 20.000 DM teueren Konvectomaten. Einer der Köche versucht, den richtigen Knopf zu treffen, aber nichts passiert. Der Chefkoch, der überall sein Auge hat, nähert sich den beiden und schaltet das Gerät mit einer Souveränität, die alle Zweifel aus der Welt schafft, ein.

„Eine Intelligenzbestie", denkt der Wirt, stolz diesen fähigen Mann an seiner Seite zu haben. Er kostet so viel wie er verspricht, seine Referenzen aus dem Sternerestaurant in Wiesbaden sind eindrucksvoll.

In der „kalten Küche" ist der Koch aus dem Stehcafé nebenan ins Schwitzen geraten. Der Wirt reibt sich die Hände. Im Stehcafé schafft er als Alleinkoch um die hundert Essen in einer Stunde. Heute Abend steht die achtköpfige Küchenmannschaft für nur sechzig Gäste bereit. Das muss ja spielend zu schaffen sein. Er errechnet bereits den Durchschnittumsatz pro Gast, Dollarzeichen überfluten seine Gedanken.

Das Speisenangebot ist umfangreich, aber der Chefkoch weiß, was er tut. Als Amuse Geule Wachtelspiegeleier auf geschmortem Brennessel, zwei Menüs und zehn erlesene à la Carte Gerichte. Günther, ein ehemaliger Restaurantbesitzer, meint, dass zur Eröffnung ein Einheitsmenü oder ein Buffett reichen sollte. „Alle Gäste kommen um 20 Uhr, zu viele, um sie gleichzeitig zufrieden zu stellen. Mit der neuen, noch nicht eingespielten Mannschaft ist das nicht zu schaffen." Quatsch! Günther ist einfach neidisch.

„Die ersten sind da!", ruft eine Serviererin. Der Wirt eilt zum Eingang, wo der Pinguin den Gästen gerade ihre Rechte erklärt. „Das ist hier keine Imbissbude, Chef", wendet er sich ihm flüsternd zu. Beklommen nehmen die Gäste die ihnen zugewiesenen Plätze ein. Der Wirt baut sie mit Prosecco wieder auf. Ein Kellnerschwarm stürzt sich auf den Tisch; Couverte, die ersten Getränke, die Bestellung... Alles läuft wie geschmiert.

Es werden aber immer mehr Gäste. Sie stehen schon Schlange, es bleibt immer weniger Zeit für den Einzelnen. Der Wirt widmet sich mit stolzgeschwellter Brust dem Small Talk, als ein Kellner mit der ersten Frage kommt. „Fragen Sie den Restaurantleiter", meint der Chef.

Vergebens, der Restaurantleiter ist gerade in einen berufsethischen Streit mit dem Chefkoch verwickelt. Der Wirt selbst ist mit der Frage des Gastes völlig überfordert. Was zum Teufel ist Porquerolaise du fruit de mer.

„Wo sind unsere Getränke?", rufen Gäste vom Tisch am Fenster.

„Können wir noch etwas Brot haben?"

„Wir möchten endlich bestellen!", hört man von der anderen Seite.

„Welchen Jahrgang hat der Barolo?"

„Was ist Barolo?" Wo soll er zuerst anfangen? Sein verzweifelter Blick sucht den Restaurantleiter, der wie ein Verkehrspolizist auf seiner Insel die Mitarbeiter hin und her steuert. Einen Teller selbst in die Hand zu nehmen oder auf andere Art behilflich zu sein, scheint nicht in seinen Aufgabenbereich zu fallen.

Die geschwellte Brust des Wirtes wird zunehmend flacher, die Gäste ungeduldiger. Er versucht, sich zu konzentrieren. Es ist alles in Ordnung, redet er sich ein. Er hat die besten Mitarbeiter weit und breit. Er ist ein Siegertyp.

Die Kellnerbrigade marschiert in Richtung Terrassentisch. Stolz betrachtet er den purpurroten Radicchio, der auf den Grüntönen der Rauke kräuselt, die Seezungenfilets im Champagnerschaum, den Lammrücken mit der Kräuterkruste, die Porquerolaise. Ein verführerischer Duft begleitet die Prozession. „Ausgezeichnet", flüstert er stolz. Er lockert die Krawatte und atmet tief durch, als die Kellnerbrigade wieder an ihm zurück in Richtung Küche vorbei defiliert. Die Seezunge, der Lammrücken die Rauke mit purpurrotem Radicchio; sie haben den Tisch nicht gefunden.

„Wie meinen Sie, nicht gefunden?"

„Die Köche haben die Bestellung von Tisch drei doppelt gemacht", zischt die Serviererin geringschätzig. Der Wirt schaut den vollen Tellern nach, Gäste am Nebentisch schauen ihren leeren Tisch an, er versucht, ihren Blicken auszuweichen und läuft in die Küche.

Hier ist die Hölle los. Der Chefkoch hat seine Souveränität an den Nagel gehängt und brüllt die Mannschaft gnadenlos an, doch keiner fühlt sich persönlich angesprochen. Alle sind voll im Stress, aber keiner weiß, was er tut. Die Gerichte werden warm ausgegeben und kommen unberührt, kalt zurück. „Return to sender", singt einer der Köche, die anderen pfeifen die Melodie mit.

Wegen der enormen Fehlerquote der Küche haben, außer Brot und Butter, nur wenige Gäste etwas zu essen bekommen. Aus Verzweiflung wird ihnen ständig Wein nachgeschenkt, so erfreuen sie sich, wider Erwarten, bester Laune bei pane e vino.

Es ist 22 Uhr. Der Wirt schaut zum Tisch des stadtbekannten Friseurs und seiner Familie, aber der Figaro ist nicht da. Eine halbe Stunde später sieht er wieder hin und findet mehrere leere Pappteller mit Mayo- und Ketchupresten, made by Mc Donald's auf dem Tisch vor. Der vierjährige Sohn knabbert noch an den letzten Mc Nuggets. Der Wirt ist den Tränen nahe. Aus Kulanz lädt er alle ein: „Die Mc Donald's Rechnung geht selbstverständlich auch auf mich", seufzt er verzweifelt.

Die Kellner laufen kopflos durch die Tischreihen. Die Köche bedienen die Gäste, der Restaurantleiter hat sich auf der Toilette versteckt. Ein helfender Gast versucht sich an der Espressomaschine, ein anderer bedient die Bierzapfsäule. Ein älteres Ehepaar, das später gekommen ist, bekommt rein zufällig sein Essen in Rekordzeit. „Nehmen sie es, wir sind nach Ihnen gekommen", bietet der Mann seinen Teller Herrn von so und so an, der mit seiner schwangeren Frau schon lange auf sein Essen wartet. Herr von so und so verzichtet. Der Abend neigt sich einer Katastrophe zu.

Die vergnügten Gäste zeigen Mitleid und laden den Wirt zu seinem eigenen Wein ein. Beinahe alle Gäste werden mittlerweile vom Wirt eingeladen. Der erträumte Umsatz schrumpft auf die Kosten für die Blumendekoration.

Es ist nach Mitternacht, seine Wut musste er an den Kochtöpfen auslassen, denn die Köche sind rechtzeitig verschwunden. Wie ein Zombie, zu Gast in einem lachenden Wachsfigurenkabinett, zieht er seine Runden. Er schließt die Augen und betet: „Lieber Gott, lass es nur ein böser Traum sein…", vergeblich.

Seine eigenen entschuldigenden Worte an die sich verabschiedenden Gäste kommen ihm wie ein fremdes Echo vor. Ihre Sprüche sind Stacheln in seiner Wunde. „Lassen sie uns wenigstens die Getränke bezahlen… Es war ein amüsanter Abend… Morgen ist die Welt wieder in Ordnung… Sie schaffen das schon…"

„Es war sehr originell", tröstet ihn der Apotheker aus der Nachbarschaft. „Wir würden gerne noch auf das Essen warten, aber mein Nachtdienst beginnt in einer halben Stunde." Die Frau des Apothekers nimmt ein kleines Plastikschwein aus der Tasche. „Das Schwein wird Ihnen Glück bringen." Sie klopfen ihm freundlich auf die Schulter und lassen ihn in seinem Gourmettempel allein. Er betrachtet das Schwein und es kommt ihm vor, als ob die Ohren aus Plastik zu wachsen beginnen. Eselsohren! Die Bilder von Schubeck, Witzigmann, Käfer und ihresgleichen weichen in den Sternenhimmel zurück.

ANRICHTEN:
*Ein Häufchen Pfifferlinge auf den Teller legen. Die Entenbrust in Scheiben schneiden,
im Halbkreis um die Pfifferlinge legen und mit der Sauce beträufeln.
Als Beilage sind böhmische Klöße zu empfehlen.*

WEINEMPFEHLUNG:
*Poggio alla Badiola IGT / Castello di Fonterutoli / Toscana (ca. 11 Euro)
oder
Desiderio D.O.C.G. / Avignonesi / Toscana (ca. 38 Euro)*

Sauerbraten von der Ente
mit sautierten Pfifferlingen

ZUTATEN:

ENTENBRUST:
4 WEIBLICHE ENTENBRÜSTE
2 LORBEERBLÄTTER
50 ML PFLANZENÖL
2 EL RÜBENKRAUT
4 EL BRATENSAFT

PFIFFERLINGE:
800G GESÄUBERTE PFIFFERLINGE
2 SCHALOTTEN
30 G BUTTER
SALZ, FRISCH GEMAHLENER PFEFFER

BEIZE:
½ EL SENFKÖRNER
1000 ML WASSER
400 ML TAFELESSIG
1 TL WACHOLDERBEEREN
1 TL SCHWARZE PFEFFERKÖRNER
2 MÖHREN
½ BUND LAUCHZWIEBEL
1 GROSSE GEMÜSEZWIEBEL

ZUBEREITUNG:

BEIZE:

Das Wasser und den Essig in einen Topf geben. Senfkörner, Pfefferkörner, Wacholderbeeren, kleingeschnittene Möhren, Zwiebeln und Lauchzwiebeln dazugeben. Die Entenbrust hineinlegen und drei Tage ziehen lassen.

PFIFFERLINGE:

Die Schalotten würfeln, in Butter anschwitzen, die Pfifferlinge dazugeben, kurz anbraten, durchschwenken und mit Salz und Pfeffer abschmecken.

ENTENBRUST:

Die Entenbrust aus der Beize herausnehmen und trocken tupfen. Das Öl in einer Kasserolle erhitzen und die Entenbrüste zuerst mit der Hautseite anbraten. Das Gemüse aus der Beize herausnehmen und mit der Entenbrust anschwitzen. Dann die Beize auffüllen, so dass das Fleisch bedeckt ist. 30 bis 40 Minuten kochen lassen bis die Entenbrust zart ist, zwischendurch eventuell etwas Beize nachgießen. Die Brüste entfernen, den Fond mit dem Rübenkraut abschmecken, den Bratensaft hinzugeben, zusammen durch ein Sieb passieren und abbinden.

Begegnungen

Sauer...r Ente
mit sautierten Pfifferlingen

**ES REGNET,
ES REGNET,
DER SOMMER IST NASS...!**

Der Patrone singt das Kinderlied vor sich hin und dichtet spontan einen neuen Text dazu, denn das schlechte Wetter ist gut fürs Geschäft und hebt seine gute Laune. Am Fenster ist eine große Tafel gedeckt, der er mit geübtem Griff den letzten Schliff verleiht. Bei Carson, dem Friseursalon nebenan, findet heute eine Schulung der Firma „Sexy Hair" statt, und vierzehn Friseurinnen werden erwartet.

Eine der Damen ist bereits eingetroffen, sitzt aber noch allein an einem Tisch am Eingang. Sie sieht aus, wie einem Modemagazin entsprungen: Unerlässlicher Minirock, gewagtes Dekolleté, kunstvoll toupiertes, blondes Haar. Neben sich auf der Bank eine große „Sexy Hair" Tüte, vor sich ein offenes Buch und eine Tasse Milchkaffee.

Die Köche, die mittlerweile von der Dame Wind bekommen haben, pendeln zwischen Küche und Toilette, um auf dem Weg einen Blick auf ihre Reize zu werfen.

Eine ältere Dame betritt das Restaurant, auch sie mit einer „Sexy Hair" Tüte in der Hand. Der Patrone bittet sie an den Tisch am Fenster, doch sie möchte, wenn irgend möglich, einen Tisch mit dem Blick zur Tür. Die Tüte mit der vielversprechenden Reklame präsentiert sie vor sich auf dem Tisch, bestellt ein Glas Prosecco und schaut verdrossen auf das Model ein paar Tische weiter.

„Entschuldigen Sie, Herr Ober, wissen Sie, ob das Mädchen am Eingang vor hat, länger zu bleiben?"

„Ich glaube schon", antwortet der Patrone: „Sie gehört zu der Gruppe, die den großen Tisch reserviert hat. Gehören Sie nicht auch dazu?"

„Nein... schade...", sagt sie mehr zu sich selbst und nimmt einen kleinen Schluck Prosecco.

Ihr Gesicht ist weich und kaum geschminkt, ihre Garderobe dezent und konservativ.

„In jungen Jahren müsste sie schön gewesen sein", denkt der Wirt und schaut sich um, als sein Blick an einem Sonderling, der an der Tür steht, hängen bleibt: Eine dürre Gestalt im dunklen Anzug, mit auffallend blassem Gesicht. Seine Augen scheinen im ständigen Kampf miteinander, die Nase ist von winzigen, geplatzten Äderchen durchzogen, das wenige Haar mit Pomade zusammengehalten.

Beim Betreten des Restaurants bemerkt er das Model und zuckt wie von einem Stromschlag getroffen zusammen. Auch er trägt eine „Sexy Hair" Tüte, die er mit angehaltenem Atem wie ein Erkennungszeichen vor sich hält. Sein Grinsen entblößt das obere Zahnfleisch und die Lücke zwischen den beiden Vorderzähnen, aber er bekommt keinen Satz zustande. Das Model schlägt das Buch zu, schiebt ein ledernes Lesezeichen zwischen die Seiten und schaut ihm belustigt entgegen. Diese Bewegung fasst er als Einladung auf und setzt sich zu ihr.

Der Patrone geht hin, um die Bestellung aufzunehmen. Auf dem Weg dahin fällt ihm die ältere Dame auf, die gerade ihre „Sexy Hair" Tüte unauffällig zu verstecken versucht, doch statt dessen fällt sie mit einem Knall auf den Boden. Er hebt sie auf und stellt sie diskret zur Seite. Die Dame bedankt sich mit einem erleichterten Lächeln, immer

noch versuchend, aus dem Blickfeld des neuen Gastes zu verschwinden. Der Neuankömmling sitzt neben der attraktiven Friseurin und starrt sie an wie einer, der überzeugt ist zu wissen, wie man mit Frauen umgeht. Die Beine unter den Stuhl geklemmt, die Füße um die Stuhlbeine geschlungen, das Gesicht vor Verlangen zerfließend.

Da es unmöglich ist, eine Bestellung aufzunehmen, zieht sich der Wirt kopfschüttelnd zurück. Die ältere Dame ist auf die Toilette verschwunden.

„Panoptikum!", denkt der Wirt.

„Blind Date", raunt die Kellnerin, die das Geschehen ebenso beobachtet: „Die Alte hat noch rechtzeitig die Kurve gekratzt und jetzt muss die Friseuse dran glauben." Dann geht sie hin, um die Bestellung aufzunehmen.

Die Friseurin bestellt Champagner und Tiramisu, der Möchtegerne-Casanova eine Tasse Kaffee mit Pflaumenkuchen. Er schaut sie erwartungsvoll an und schwitzt vor Aufregung. Mit dem Ärmel wischt er die Feuchtigkeit aus seinen Augen, klaubt ein paar Worte zusammen und setzt alles auf die Sprache seines Körpers. Schon nach wenigen Minuten hat die Friseurin genug von diesem Komiker. Gelangweilt stochert sie in dem Tiramisu, dann leckt sie den Löffel ab und lässt die Augen schweifen. Da geht die Tür auf, und zehn weitere junge, schöne Friseurinnen betreten das Restaurant, jede mit einer „Sexy Hair" Tüte in der Hand. Der Typ ist plötzlich total verwirrt. Seine Gabel, auf der ein Pflaumenstück hin und her balanciert, bleibt in der Luft schweben, während er den Frauen mit offenem Mund hingerissen entgegen starrt: „So viele kann ich im Leben nicht verkraften!", stöhnt er.

Die Chefin des Friseursalons kommt als Letzte und schaut entrüstet auf das Model mit dem Casanova: „Wer ist denn der da?"

„Der Seminarleiter…, dachte ich", meint das Model überrascht und steht mit einer anmutigen Bewegung auf, um sich der feixenden Gruppe anzuschließen.

Erst jetzt begreift der Casanova, dass der Traum weit über seine Verhältnisse ging. In einer Art von Schicksalsergebenheit nimmt er seine Niederlage zur Kenntnis, bettet den Kopf in seine Arme und versinkt in Grübeleien.

Einige Minuten später schaut er sich um. An der anderen Seite des Restaurants sitzt eine ältere Dame in eine Zeitschrift vertieft, vor ihr ein Glas Prosecco, das Gesicht zur Nonchalance verkrampft. Schweren Herzens muss er sich eingestehen, dass leider auch diese Dame nicht in seiner Liga spielt. In die Realität zurückgekehrt, steht er auf, legt einen Zwanzig-Euro-Schein auf den Tisch und bleibt einen Augenblick unschlüssig stehen.

„Dumm gelaufen!", murmelt er und verlässt das Restaurant.

Das Lachen der Friseurinnen begleitet ihn in den Regen, der noch heftiger geworden ist.

Vanillesauce (kalt oder warm) auf den Teller gießen, das frittierte Eis darauf stellen und mit Puderzucker bestäuben. Auf Wunsch mit einer Fruchtsauce servieren.

WEINEMPFEHLUNG:
Vin Santo Tegrino d'Anchiano / Cantine Leonardo da Vinci / Toscana (ca. 18 Euro)
oder/und
Espresso (bevorzugt Julia Espresso Café)

Frittiertes Vanilleeis

✻

ZUTATEN:

300 ml MILCH

400 ml SAHNE

220 G ZUCKER

1 VANILLESCHOTE

5 EIGELB

100 G MEHL

100 G PANIERMEHL

50 G PUDERZUCKER

3 EIER

50 G WEISSE SCHOKOLADE

500 ML ÖL ZUM FRITTIEREN

✻

ZUBEREITUNG:

300 ml Sahne, die Hälfte des Zuckers und die Vanilleschote in einem Topf auf mittlerer Hitze zum Kochen bringen, dabei rühren bis der Zucker aufgelöst ist. Nach dem Aufkochen, den Topf vom Herd nehmen und die Vanilleschote herausnehmen. (Grundsauce) — Das Eigelb mit dem restlichen Zucker in einer Schüssel cremig rühren, die heiße Milch langsam dazugeben und weiter rühren. Anschließend die Schüssel in ein heißes Wasserbad setzen und die Masse weiter rühren bis sie gebunden ist (zur Rose abziehen). Die Creme durch ein Sieb in eine Form gießen und abkühlen lassen, währenddessen gelegentlich durchrühren. Die abgekühlte Creme über Nacht im Eisfach gefrieren lassen.

Die Eier in einer Form durchschlagen. Mehl und Paniermehl in je eine Form füllen. Mit dem Eisportionierer eine Eiskugel aus dem Vanilleeis formen, dann im Ei, Mehl und anschließend im Paniermehl wenden. Die panierte Eiskugel nochmals im Ei, im Mehl und im Paniermehl wenden, in die Alufolie einpacken und im Eisfach lagern.

Die panierte Eiskugel bei Bedarf herausnehmen und in einer Friteuse oder in einem Topf mit kochendem Öl frittieren.

VANILLESAUCE:

100 ml Grundsauce mit 100 ml Sahne in einem Topf verrühren und aufkochen lassen, die weiße Schokolade dazugeben und beim ständigen Rühren schmelzen lassen. Abkühlen lassen.

Abschied mit Wiederkehr

DIE NEONREKLAME DES „LEONARDO" VERSCHWINDET IM RÜCKSPIEGEL, DIE GÄSTE UND DER ALLTÄGLICHE STRESS BLEIBEN HINTER MIR UND ICH FREUE MICH AUF EINE WOCHE URLAUB. WÄHREND ICH GEMÜTLICH IN RICHTUNG SÜDEN FAHRE, LASSE ICH REVUE PASSIEREN....

Seit sechzehn Jahren betreibe ich dieses Restaurant und immer noch liebe ich den Blick auf die Telefonzelle und auf das Landgericht gegenüber, die Wände, die ich so oft gestrichen habe, die Stammgäste und ihre Rituale und die Erwartung, die ich an jeden neuen Tag hege. Denn jeder neue Tag bringt neue Gäste und jeder neue Gast ist ein neues Rätsel, eine Herausforderung.

Was ich den Gästen noch vermitteln möchte, ist ein Hauch meiner Heimat Istrien, das Gefühl und die Stimmung, welche die Natur und Menschen daheim in mir erzeugen, die Gerüche aus der Küche, die Lebensart. Es gibt keinen besseren Ort, die Lebensart einer Region zu präsentieren, als ein Restaurant. Hier finden sich völlig verschiedene Menschen in einem bestimmten Augenblick zusammen und ich kann versuchen, sie für eine kurze Zeit zu einer Gemeinschaft zu verzaubern. Ein Witz, den ich an einem Tisch erzähle, so dass die Gäste am Nebentisch mitlachen können, bringt sie zusammen. Ein Lied, das ich oder einer meiner Freunde in der späteren Stunde singt und von den Gästen zusammen eingestimmt wird, das ist das Gefühl, das ich dem Gast nach Hause mitgeben möchte: Musik, Freude, Wärme... ein wenig Zuhause...

Bei mir zu Hause spielte sich das Familienleben fast ausschließlich auf der Terrasse ab. Da wurde gekocht, gegessen, gestritten und gelacht. An den warmen Abenden nach dem Abendessen haben wir oft bis in die Nacht gesungen. Nicht selten improvisierte jemand im Nachbarhaus die zweite Stimme und aus dem Souterrain drang ein Bass von Zio Gualtiero. Auch Zio Rudi von der ersten Etage, der auf Grund irgendeiner alten Fehde, an die sich keiner mehr genau erinnern konnte, den Nonno auf der Straße nicht grüßte, sang mit. An einer solchen Stimmung möchte ich meine Gäste teilhaben lassen. Die Erinnerung allein ist schon Grund genug, den Wagen voll zu tanken und loszufahren... die A3 Richtung München, Salzburg, Villach...

Kurz vor Udine lasse ich die Berge hinter mir. Die Friauler Weinberge gehen in die Karsthügel über Triest über…, hier fängt die Heimat an. Die Luft riecht nach Meer, der Duft von frisch gemahlenen Kaffeebohnen, aus der Bar am Ende der Autobahn steigt in die Nase.

Am Grenzübergang in Skofije, ein Steinwurf von Triest entfernt, warteten früher jugoslawische Zöllner und Polizisten. Diese Zeiten sind vorbei, heute kann ich ohne Kontrolle passieren.

Nach ein paar scharfen Kurven empfangen mich Weinberge und Steinterrassen der istrischen Küste, der einmalige Kontrast zwischen der roten Erde und dem Grün der Vegetation. An meiner Rechten zieht Capodistria vorbei, die Stadt in der Carpaccio gelebt und gemalt hat. Fünf seiner Gemälde ruhen in der Kathedrale, deren Turm gerade hinter dem Hügel verschwindet.

Zwischen Felsen und weichen Stränden fahre ich die schattige Allee entlang. Dabei kurbele ich die Seitenscheibe herunter und lasse mir den Fahrtwind ins Gesicht blasen. Die Musik von „Bruce" und der Duft von Myrte und Rosmarin erfüllen die Luft.

An der Kreuzung in der Nähe von Portorose nehme ich die Straße mit dem Blick aufs Meer. Winklig, von Obst und Weingärten umgeben, führt sie durch kleine Fischerdörfer an der Küste voller Licht und Schatten vorbei.

Hinter einer Kurve muss ich stehen bleiben. Ein alter Bauer treibt seinen Esel geduldig über die Straße in den Hof hinein. Das gelingt ihm nur langsam, bis zuletzt seine Frau mit einem Stab die Geschichte zu Ende bringt. Gefesselt von den archaischen Gesichtern des alten Ehepaares entscheide ich mich, hier eine Pause zu machen.

Rechts ab führt die Straße durch Zypressen und Olivenhaine zum Meer. Durch ein von Efeu und Gebüsch überwuchertes, enges Steintor fahre ich in das von Mauern umgebene Dorf.

Den Wagen parke ich auf dem Platz vor der Kirche, mit Abstand von einer lachenden Kinderschar verfolgt.

Eine schmale Gasse führt in langen Stufen hinunter zum kleinen Hafen. An der Wäscheleine trocknet frisch gewaschene Wäsche im leichten Wind, ich spüre nach Waschmittel riechende Tropfen auf meinem Gesicht.

Es ist Mittag. Auf den vier Holztischen unter der Pergola vor der Osteria sitzen vermutlich alle männlichen Bewohner des Dorfes. An einem der Tische spielen sie Briskula.

„Bon di!", grüße ich im Dialekt und nehme, von der Runde akzeptiert, Platz auf der Bank aus Stein neben dem Eingang. Der Wirt schenkt mir ein Glas Malvasia ein und lässt die Flasche und einen Teller mit eingelegten Sardinen auf dem Stein neben mir stehen. Dankbar nehme ich einen großen Schluck und atme tief ein und aus. Es riecht nach Fisch und nach trocknenden Fischernetzen.

Das Sonnenlicht spiegelt sich auf der trägen Meeresoberfläche, die in kleinen Wellen gegen die Planken der Fischerbote schlägt. An der Mole neben dem Leuchtturm flickt ein Fischer geduldig und konzentriert seine Netze. Dem Rauschen des Windes lauschend lasse ich die Gedanken zur Ruhe kommen wie die Steine, die im Meeressand versinken...

Die Flasche ist leer. Neben dem Teller mit Sardinengräten liegt eine ramponierte graue Katze und leckt sich die Pfoten. Die Terrasse vor der Osteria wirkt verlassen, nur an einem der Tische wird noch Briskula gespielt. Eine Taube kommt im Tiefflug auf die Pergola geflogen, macht es sich im Schatten der Blätter gemütlich, schaut  die Katze an und zuckt mit dem Hals. Die Uhr auf dem Kirchturm zeigt kurz nach drei. Meine Eltern machen sich sicherlich Sorgen über mein Verbleiben.

Die restliche Fahrt nach Pula vergeht schnell. Mit voller Kraft drücke ich auf das Gaspedal, um dem Blues des Nachmittags zu entfliehen. Vorbei an malerischer Landschaft mit bewaldeten Hügeln und tief eingeschnittenen Tälern, an zerstreuten Hirtenhütten, die wie winzige Steinzelte den Weg säumen. Und dann im krassen Gegensatz die kargen, heruntergekommenen Fassaden der Häuser meiner Geburtsstadt. Die riesigen Krä-

ne der Schiffswerft werfen, wie in einer dissonanten Komposition, lange Schatten auf die Altstadt mit winkligen kleinen Gassen und ihrer venezianischen Architektur. Die Fischerschiffe liegen auf der Riva neben den modernen Motorboten. Von der Terrasse des neuen Jachthafens blickt man auf das, von Kaiser Vespasian erbaute, Amphitheater.

Für Dante war Pula bedeutend genug, als Grenzstadt Italiens in der göttlichen Komödie erwähnt zu werden, Michelangelo fertigte unzählige Skizzen der Tempel und Triumphbögen der Stadt, James Joyce reiste hierher und blieb für eine lange Zeit. Eine verschlafene Stadt mit vielen verborgenen Winkeln, melancholisch und träge.

An der Ampel neben der Post bleibe ich bei Rot stehen.

Die Fassade des über hundert Jahre alten Postgebäudes aus der K. und K.-Zeit ist mit vielen Graffitis verunstaltet. Kurz vor dem Krieg hatte jemand auf der Straßenseite des Gebäudes geschrieben:

„DAS IST SERBIEN!"

Ein anderer hatte über Nacht die Botschaft gestrichen und darunter korrigiert:

„DU DUMMKOPF, DAS IST DIE POST!"

„Menschen mit so viel Humor laufen nicht Gefahr, aufeinander zu schießen", dachte ich damals.

Im Hof hinter dem Haus meiner Eltern ist die Zeit stehengeblieben.

Die breite Krone des Kastanienbaumes wirft immer noch den gleichen Schatten auf Zio Rudis Terrasse, wo seine rheumakranke Frau, mit einer karierten Decke geschützt im Lehnstuhl schaukelnd, auf das benachbarte Grundstück starrt. Sie nickt mir freundlich zu, aber ich kann nicht genau sagen, ob sie mich erkannt hat. In den Baum sind die Namen der Verliebten Igor und Anna eingeschnitten, mit Datum: 14.07.1971.

Zwei Katzen schleichen um den Wagen, den ich auf dem Kiesboden vor der Garage meines Vaters geparkt habe. Der Staub hat sich bereits gelegt und die Nachmittagsstille kommt mir vertraut vor.

Meine Eltern sind vermutlich in einen Schnulzenfilm vertieft, denn sonst wären sie längst zu mir geeilt. Ich nehme die Reisetasche aus dem Kofferraum und schaue mich noch einmal um.

Das graue Eisentor führt zum breiten Treppenhaus aus weißem istrischen Marmor. Es ist kühl und still hier drinnen. Dem Hall meiner Schritte lauschend, rieche ich die Farbe auf den frisch gestrichenen Wänden.

Auf dem Briefkasten unter dem Familiennamen Albanese klebt immer noch der Zettel in beiden Sprachen geschrieben, italienisch und kroatisch: „Keine Werbung!"

Mit der Handfläche streife ich über das glatte Holzgeländer, auf dem ich als Junge zum Ärger der Nonna immer hinabgerutscht bin, und die Bilder und Gerüche

der Kindheit explodieren in meinem Gedächtnis, eins nach dem anderen.

Im Keller, der immer nach gelagerter Kohle gerochen hat, war meine Schatzkammer. Da hatte ich hinter einem losen Ziegel in der Mauer meine ersten Pornohefte versteckt. Im Holzschrank mit Nonnos Fischerausrüstung hatte ich die ausgefranste Jeans gelagert, um sie gegen die verhasste Stoffhose heimlich auszutauschen. Heute weiß ich, dass Mama diesen Trick stillschweigend akzeptiert hatte.

Fröhlich nehme ich drei Treppenstufen auf einmal bis zur dritten Etage hinauf und klingele einmal lang und zweimal kurz, mein altes Zeichen.

Die Tür geht auf, und zwei liebe Gesichter erstrahlen vor Freude.

Mein Vater hat sich nicht verändert: klein, faltenlos, immer frisch rasiert und ordentlich gekämmt. Ein gut aussehender Mann, der gewiss Erfolg bei den Frauen haben könnte, wenn er nicht immer noch so verliebt in meine Mutter wäre.

Meine Mutter, eine Frau mit Anstand und Autorität, freundlich, bestimmend, liebevoll. Sie soll eine schöne Frau gewesen sein, doch für mich war sie immer nur einfach da, der Mensch, der alles regeln konnte, eben die Mama.

Im Hintergrund brutzeln Calamaris in der Pfanne. Ich bin zu Hause.

WEINEMPFEHLUNG:
Chardonnay Grave D.O.C. / Antonutti / Friaul (ca. 8 Euro)
oder
Gavi di Gavi D.O.C.G. / Batasiolo / Piemont (ca. 9 Euro)

Gefüllte Calamari

ZUTATEN:

1500 G CALAMARI, MITTELGROSS	100 G SELLERIE
100 ML OLIVENÖL	200 G SCHALOTTEN
600 ML WEISSWEIN	3 KNOBLAUCHZEHEN
3 EIER, HARTGEKOCHT	100 G REIS, VORGEKOCHT
40 G SEMMELBRÖSEL	3 LORBEERBLÄTTER
30 G PETERSILIE	15 G TOMATENMARK
150 G SCHAFSKÄSE	SALZ
200 G MÖHREN	FRISCH GEMAHLENER PFEFFER

ZUBEREITUNG:

Die Calamari säubern, das durchsichtige Rumpfbein und die Augen entfernen, den Kopf und die Fangarme abnehmen und die Hälfte der Fangarme in kleine Stücke schneiden.

DIE FÜLLUNG: Die kleingeschnittenen Fangarme in eine Schale geben, die gekochten Eier und den Schafskäse in kleine Würfel schneiden, eine Knoblauchzehe zerdrücken, 10 g gehackte Petersilie, den vorgekochten Reis, ein Schuss Olivenöl, Salz und gemahlenen Pfeffer dazugeben und verrühren. Diese Masse in die Calamarikörper füllen (nicht zu voll, denn sonst platzen sie beim Kochen) und die Öffnung mit einem Zahnstocher schließen.

Olivenöl in einer Kasserolle erhitzen. Schalotten, Möhren und Sellerie in dünne Scheiben schneiden und darin andünsten. Die restlichen Calamaristücke dazugeben, schmoren lassen und mit etwas Wein ablöschen. Die gefüllten Calamari in den Topf geben und auf mittlerer Hitze im geschlossenen Topf kochen lassen. Den restlichen Knoblauch und die Petersilie kleinhacken und zusammen mit den Lorbeerblättern und dem Tomatenmark dazugeben, mit Salz und Pfeffer abschmecken. Regelmäßig mit Wein und etwas Wasser ablöschen. Nach etwa zwei Stunden die Semmelbrösel dazugeben und noch zehn Minuten auf kleiner Hitze kochen lassen.

TIPP: Mama reicht dazu entweder Polenta oder geröstete Brotscheiben.

Kleines Gottesgeschenk

WENN ICH NICHT AN MAMAS KÜ-
CHENTISCH SITZE, FINDET MAN MEI-
NE FAMILIE UND MICH AUF DER TER-
RASSE DES „MALI BOZO". DAS RESTAURANT LIEGT
UNWEIT VON UNSEREM HAUS AUF DEM PONTE
MANDRIOL, DEM HÜGEL IN DER NÄHE DES OR-
TES BARBARIGA. DIE ADRESSE IST EIN GEHEIM-
TIPP, BESUCHT NUR VON EIN-
HEIMISCHEN ODER INTIMEN
KENNERN DER REGION.

Mali Bozo: „kleines Gottes-
geschenk".

Die traditionelle istrische Küche mit selbst erzeugten Produk-
ten ist nur einer der Gründe, dort
mal vorbeizuschauen (das beste
schwarze Risotto, das ich je ge-
gessen habe!), denn die Lage und der Blick von der Terrasse des Restaurants sind umwerfend.

An heißen Sommertagen, wenn am Strand nur Touristen gegrillt werden, sitzen wir im Schatten aus Na-
turstein und Holz und lassen uns mit vielen kleinen Vor-
speisen und hausgemachtem Malvasija-Wein aus der
Nachbarschaft verwöhnen. Die Stille wird nur von Geräuschen aus der Küche oder dem Krähen der Hähne

unterbrochen. Üppige Rosmarinhecken und wilde Ro-
senbüsche schützen uns vor den neugierigen Blicken der
Nachbarin, während sich das Meer am Horizont mit
dem Himmel vereint.

„Dem Paradies entrissene Bilder", schwärmt Jadranko Macan, der Wirt des Hauses und beteuert immer
wieder, dass er es nie bereut hat, sein Seemannsleben vor
zwanzig Jahren für dieses „Got-
tesgeschenk" aufgegeben zu haben. Gästen, die es hören möchten, erzählt er mit Begeisterung
und in verständlichem Deutsch
gern die bewegte Historie der
Gegend.

Auf einem Spaziergang kann
man die Ruinen der prähistori-
schen Festung erkennen. In der
Römerzeit führte über Mandriol die Straße nach Pula,
die damals eine ausgewachsene römische Stadt war. So-
mit wurde der Ort ein wichtiger historischer Schlüs-
selpunkt mit mehreren antiken Gassen, die den Hügel
schneiden und von seiner vergangenen Bedeutung zeu-
gen. Die Ruinen sind leider von Gebüsch und Gras
überwuchert und noch nicht restauriert, aber für ein
interessiertes Auge leicht auffindbar.

Von der Terrasse des „Mali Bozo" schaut man auf das gegenüberliegende Archipel von Brioni. Die Inseln habe ich zum ersten Mal als Fünfjähriger mit meinem Onkel besucht, der damals unter Tito Kommandant der Inseln war. Heute gehe ich da gerne spazieren, um die Ruhe und die Natur zu genießen.

Das milde Klima und das seichte Meerwasser, das die Inseln umgibt, bewirkten eine Flora und Fauna, die ein wenig an Polynesien oder an die Karibik erinnert.

Um die 700 Pflanzen- und über 250 Vogelarten sind auf den Inseln beheimatet, was bei vielen Naturliebhabern Interesse weckt. Auch der Nobelpreisträger Robert Koch forschte dort im Auftrag des damaligen Besitzers der Inseln, des Österreichers Paul Kupelwieser, am Anfang des letzten Jahrhunderts.

Die Transporte mit wilden Tieren aus Afrika oder Asien machten auf ihrem Weg zu den nordeuropäischen Zoos auf Brioni einen Zwischenstop. Selbst der berühmte Tierpark Hagenbeck legte Wert darauf, dass sich seine exotischen Schätze dort langsam an das rauhe Klima im Norden gewöhnen konnten.

Brioni war aufgrund seiner schönen Lage und des besonders freundlichen Klimas schon für die Römischen Kaiser ein beliebtes Ferienziel.

Eine Sage erzählt, dass Neptun, der in eine Meerjungfrau verliebt war, die Inseln als Liebesnest erschuf. Als sie voneinander genug hatten, gingen beide ihres Weges, und die Inseln blieben den Menschen als Geschenk des Gottes.

Das Meer und die Natur sind kaum berührt, denn die Inselgruppe war in der Zeit, als Tito auf Brioni seine Residenz hatte, vom Tourismus völlig verschont geblieben. Bis zu den Achzigern war die gesamte Gegend, samt einem großen Küstenstreifen zwischen Pula und Rovinj, ein streng überwachtes Militär-Sperrgebiet. Damals durften nur Titos Gäste wie Elizabeth Taylor, Sophia Loren, Indira Ghandi, Willy Brandt oder auch John F. Kennedy, der ihm den berühmten Cadillac geschenkt hat, die Insel besuchen. Dieser Cadillac steht heute ausgewählten Gästen als Luxusvariante der Inselerkundung zur Verfügung.

Heute ist Brioni ein Nationalpark und der Öffentlichkeit zum größten Teil zugänglich. Der Glanz der alten Zeiten kehrt langsam wieder zurück. Auf dem Polospielfeld, wo in den Dreißigern des letzten Jahrhunderts die besten Mannschaften unter dem Beifall der Weltprominenz gegeneinander angetreten sind, wird heute wieder Polo gespielt. Namen wie Rothschild, Churchill, Grimaldi, Prinz Ernst August von Hannover, Naomi Campbell sowie viele andere, waren in diesem und in den letzten Jahren wieder auf der Gästeliste. Umberto Angeloni, Chef des Modehauses Brioni, dessen elegante Anzüge Bundeskanzler Schröder mit Vorliebe trägt, ist Stammgast und zugleich Präsident eines Investorenkonsortiums. Sein Label wurde schon vor 50 Jahren nach den Inseln benannt.

Das Meer, das die steinige Küste gegenüber den Inseln küsst und von der Terrasse des „Mali Bozo" so nah erscheint, ist reich an Fischen, die am Tage zwischen den Badenden schwimmen und am Abend die Teller des „Mali Bozo" zieren. Am Nachmittag oder am frühen Morgen kommen die Fischer mit ihrem Fang in den Hof des Restaurants und feilschen mit Jadranko über den Preis. Die rauhe Sprache im istrischen Dialekt klingt wie ein Streitgespräch, doch zuletzt wird das Geschäft mit einem „Bevanda" begossen und Ruhe kehrt wieder ein. Oliven und Wein wachsen vor den Augen des Gastes, die Luft duftet nach Rosmarin und frisch gebackenem Brot.

Im „Mali Bozo" kann man auf Wunsch die besten Cevapcici bekommen, denn viele Touristen verbinden immer noch unsere heimische Küche mit diesem jugoslawischen Überbleibsel, doch wer an Istrien interessiert ist, wird sich vom Chef selbst beraten lassen und staunen: „Branzino" (Wolfsbarsch) im Salzmantel, Stockfisch in vielen verschiedenen Variationen, Austern aus dem nahen Limm-Fjord, Meeresfrüchte aller Art. Hausgemachte Blutwurst, Kalbsfilet mit geschmorten Pfifferlingen und „Fuzi", eine istrische Nudelspezialität, mit frischen weißen Trüffeln aus der Gegend, die so gut sind wie piemonteser Trüffel… .

Meine Frau und meine Tochter gönnen sich als Dessert Palatschinken mit Walnusscreme oder auch „Fritule", wenn es sie gibt. Ich begnüge mich mit einem hausgemachten Grappa, der trotz seiner 60 % vol. einen besonders milden Abgang hat.

Jadranko und seine Frau Daria, eine begnadete Köchin, legen keinen Wert auf Selbstdarstellung und Pomp, doch die Qualität der Küche und ein herzlicher, aufmerksamer Service überzeugen auch verwöhnte Genießer.

Frau Macan hat bei unserem letzten Besuch Scampi auf traditionelle istrische Art für uns zubereitet.

ANRICHTEN:
Die Scampi mit der Sauce in einer großen Schüssel anrichten.
Geröstetes Brot dazu servieren.

WEINEMPFEHLUNG:
Pinot grigio D.O.C. / Lungaroti / Umbrien (ca. 7 Euro)
oder
Sharis IGT / Livio Feluga / Friaul (ca. 11,50 Euro)

Scampi à la Mandriol

❋

ZUTATEN:

1,5 KG FRISCHE SCAMPI

150 ML OLIVENÖL

3 EL TOMATENMARK

3 FRISCHE TOMATEN

20 G SEMMELBRÖSEL

5 KNOBLAUCHZEHEN

200 G SCHALOTTEN

500 ML WEISSWEIN

30 G PETERSILIE

SALZ, FRISCH GEMAHLENER PFEFFER

❋

ZUBEREITUNG:

Die kleingeschnittenen Schalotten in Olivenöl kurz andünsten.
Den gehackten Knoblauch, ein Teil der gehackten Petersilie,
gewürfelte Tomaten und Tomatenmark dazugeben,
mit Pfeffer, Salz und etwas Vegeta abschmecken.
Gewaschene Scampi dazugeben und den Topf zudecken.
Nach und nach den Wein nachgießen und unterrühren.
Wenn die Scampi rötlich geworden sind, mit Semmelbrösel
bestreuen, umrühren, den Topf zudecken und
etwa 15 Minuten auf kleiner Flamme kochen lassen.
Zuletzt mit der restlichen Petersilie bestreuen.

Der Autor

Igor Albanese

GEBOREN AM 20.01.1960 IN PULA, CROATIEN
ABITUR 1978 | 1978-1988 MUSIKER
1988/1989 VERSICHERUNGSVERTRETER
1989-2004 GASTRONOM

Seit 1988 verheiratet.
Lebt in Bottrop mit seiner Frau Barbara
und seiner Tochter Anna.
Sein Lebensmittelpunkt ist das Leonardo am Haumannplatz in Essen seit 1989.

Die Köche

Mama

EMA ALBANESE
GEB. BAN AM 22.01.1930 IN PULA
SEIT 20.01.1960 MAMA VON IGOR ALBANESE
IM BERUF JUSTIZBEAMTIN, JETZT RENTNERIN

REZEPTE IN DIESEM BUCH:
Bacallá in bianco (s. 30)
Tiramisu (s. 32)
Gefüllte Callamari (s. 110)

Anil Arora

Geboren am 12.04.1964 in Kheradi, Indien
Seit 1990 in Deutschland | Pizzabäcker in mehreren italienischen Restaurants
1996–2000 als Pizzabäcker im „Pescatore"
2000–2004 Koch im Leonardo

Rezepte in diesem Buch:
Indische Kartoffeltaschen (s. 78)

Michael Beil

GEBOREN AM 27.11.1969 IN MÜLHEIM A.D. RUHR
LEHRE IM BONNE AUBERGE, ESSEN | KOCH IM PARKHOTEL, VELBERT | KOCH IM STIFTSHAUS,
ESSEN | KOCH IM DICKEN AM DAHM, MÜLHEIM | KOCH IM KOPPERPOTT, BOTTROP
CHEFKOCH IM LEONARDO SEIT 2003

REZEPTE IN DIESEM BUCH:
Auberginenlasagne (s.20), Parmesansuppe (s.22), Spaghetti mit Currywurst (s.40),
Rucola-Risotto (s.52), Lammkoteletts (s.54), Kalbsleber auf Schwarzwurzelpüree (s.66),
Taubenbrust (s.76), Mango-Kokos-Suppe (s.80), Sauerbraten von der Ente (s.92),
Frittiertes Vanilleeis (s.98)

Oliver Klemann

GEBOREN AM 07.11.1968. IN ESSEN
LEHRE IM STEELER STADTGARTEN, ESSEN | KOCH IM TANTE ANNA, SPROCKHÖVEL
KOCH IM SCHOLTESHOF, KNOCKE, BELGIEN | 1991-2000 CHEFKOCH IM LEONARDO
AB 2000 IM FAMILIENBETRIEB, ABBRUCHUNTERNEHMEN

REZEPTE IN DIESEM BUCH:
Tomatensuppe (s. 18),
Gebratene Blutwurst (s. 48),
Leonardos Salatdressing (s. 50),
Wiener Schnitzel (s. 64)

Gunter Holberndt

GEBOREN AM 26.04.1954 IN RECKLINGHAUSEN, VERHEIRATET, 2 KATZEN
WENN GUNTER – GESCHÄFTSFÜHRENDER GESELLSCHAFTER DER WERBEMITTELAGENTUR JK-WERBUNG –
NICHT IN SEINER FIRMA ARBEITET, TÜFTELT DER BEGEISTERTE HOBBY-KOCH ZUR FREUDE SEINER FRAU,
DER KÜNSTLERIN BARBARA FRESHWATER-HOLBERNDT, STUNDENLANG IN SEINER KÜCHE.

REZEPTE IN DIESEM BUCH:
Ravioli à la carbonara (s.42)

AN DIESER STELLE DES BUCHES

NUN EIN GROSSSES

Danke

Danken möchte ich zuerst meiner Frau Barbara und meiner Tochter Anna, die mich und meine
Launen ertragen müssen und mir doch immer hilfsbereit zur Seite stehen.
Einen großen Dank an Frau Jutta Wende und Herrn Professor Werner Schönneck,
die mich immer wieder ermutigt haben, weiterzumachen.
Herrn Michael Marks, Herrn Dirk Dröge, Herrn Philip Holzmann und Herrn Stefan Bergner
danke ich für ihre Freundschaft und ihr Vertrauen in all den Jahren.
Ich danke auch allen meinen Mitarbeitern, insbesondere Dasa Zivkovic,
Mandy Hanisch und Stefanie Rieken für ihre schonungslose Kritik.
Einen besonders großen Dank möchte ich Herrn Hans Helmut Nünninghof und seiner Familie
aussprechen, denn ohne seine Hilfe gäbe es kein „Leonardo" mehr,
das die Grundlage für diese 128 Seiten ist.